あの夏から
戻れない

CROSS NOVELS

宮緒 葵
NOVEL: Aoi Miyao

笠井あゆみ
ILLUST: Ayumi Kasai

CROSS NOVELS

CONTENTS

CROSS NOVELS

CONTENTS

あの夏から戻れない

宮緒 葵
イラスト 笠井あゆみ

また、くり返す。
出口の無い閉ざされた輪を。
何度でも何度でも……この腕の中に、おまえをとどめておくためなら。

硬く踏み締められた緩やかな坂道を上るうちに、頬を撫《な》でる風は湿り気を帯びてきた。ぎらつく太陽に照り付けられ、草むらはむっと匂い立ち、蟬《せみ》たちは悲鳴のような鳴き声を上げる。

「あっつー……」

背の高い木の陰に逃げ込み、櫛原夏生《くしはらなつお》は首にかけていたタオルで額の汗を拭いた。アンダーウェアはすでに汗びっしょりだ。長袖シャツの胸元をつまみ、ぱたぱたとあおいで熱気を逃がす。まだ午前八時を過ぎたばかりなのに、夏山を甘く見すぎていたかもしれない。夏生は湿気のせいで跳ね放題のくせっ毛を苛々とかき上げた。

高校生の妹より幼く見られる童顔は、情けなくゆがんでしまっているだろう。雨に濡れた仔犬顔、といつもからかってくる大学の友人たちが居たら、ますます仔犬っぽいと言われるに違いない。…あいつだけは、素直に心配してくれるだろうけれど。

……柊《しゅう》……。

この十年、一日たりとも忘れたことの無い面影が脳裏をよぎる。最後に見た泣き顔も。スポーツドリンクを呷《あお》り、夏生はのろのろとうつむいた。草むらの陰に丸まった紙を見付け、拾い上げる。

広げた紙には『この人を捜しています』の見出しと共に、若い女性の写真が印刷されていた。この日無山《ひなしやま》で二十三年前に行方不明になったらしい。当時二十歳だから、生きていれば四十三歳か。警察の捜索はとうに終了している。チラシを配り歩いたのは、きっと家族だろう。四十を過ぎた娘を、いまだに捜し続けているのだ。

……柊は、まだ俺と同じ十八歳なのに。

こぼれかけた溜め息を呑《の》み込み、たたんだチラシをリュックにしまう。ふもとで配られていたのが飛ばされてきたのだろうが、このまま捨て置くのは何だか忍びなかった。

帽子をかぶり直し、夏生は再び坂道を上り始めた。大学の入学祝いにもらった腕時計は八時十三分を指している。出来たらあの時となるべく近い時間帯に到着しておきたい。

草いきれにむせそうになりながら、おぼろに記憶に刻まれた道筋をたどっていく。十年前は地元の住人が山菜採りに使うだけの細い道だったはずだが、今はところどころ手すり代わりのロープが張られ、道端には時折菓子やパンのゴミが落ちていた。人の営みの痕跡を刻まれてもなお、山は人を寄せ付けない寂びた空気を漂わせる。

『山はね、昔から異界だったんだよ』

人里に住まう者の常識はいっさい通用しない異界。…その通りだった。柊は呑み込まれ、とうとう帰らなかったのだから。

ざっ、ざっ、ざっ。

自分一人だけの足音に違和感を覚えるのは、十年前の記憶がいまだに鮮明なせいだ。柊の両親すら忘れてしまっても、夏生は覚えている。…忘れられるわけがない。

黙って足を動かし続けるうちに、水の気配はどんどん濃くなってきた。青々と茂った木の根元に倒れた立て看板を見付け、持ち上げてみる。雨風にさらされてだいぶ薄れてはいたが、山火事注意を呼びかけるそれに見覚えがあった。

『この看板のところから入れば、近道なんだよ』

柊はそう言って、奥に進んだはずだ。記憶の通りにすれば、ごつごつとした岩壁に囲まれた脇道に出た。

……そうだ。あの時も、ここを通って……。

何かに引き寄せられるように、夏生はふらふらと歩いていった。…空気が冷たい。耳をつんざきそうだった蟬しぐれはいつの間にか遠ざかり、代わりにかすかなさざ波の音が子守り唄のようにたゆたう。

やがてぽっかりと開けた視界に、湖と見まがうばかりの大きな沼が広がった。葦《あし》の生い茂る岸辺に立ち、夏生はひんやりとした空気を吸い込む。空と木々を映した水面は青く澄み、ほんの半月前、死体が浮かんだ名残など欠片《かけら》もとどめていない。

「……来たぞ、柊」

十年も経ってしまったけれど、夏生はやっとここに戻ってこられたのだ。

目の前で消えた大切な幼馴染みを、捜し出すために。


幼馴染みの四辻《よつつじ》柊といつ出会ったのか、夏生は覚えていない。気付いたら傍に居て、当たり前のように毎日を一緒に過ごしていた。

柊の父、茂彦《しげひこ》は夏生の父の親友で、結婚してからは夏生の家の近所に住んでいた。柊の母ジェニファーとはアメリカ留学中に出会い、熱烈な恋愛の末日本に連れ帰ったのだという。やがて柊が生まれてもジェニファーはなかなか日本の暮らしに馴染めず、たびたび夏生の母を頼ってきたのだそうだ。

同じ歳の夏生と柊が仲良くなり、互いの家に入り浸るようになるのは当然の流れだった。三歳下の妹より、柊と共に過ごす時間の方がずっと長かっただろう。

華やかな美人だったジェニファーに似て、柊は綺麗な少年だった。夏生も母親譲りの大きな目が小動物みたいで可愛らしいとよく言われたけれど、柊は夏生とは…いや、ほとんどの同年代とは次元が違っていた。

日に当たってもほとんど焼けない、透き通るように白い肌。くせっ毛がコンプレックスの夏生が羨まずにはいられないほどさらさらの黒髪。彫りの深い顔立ちは触れたら砕け散ってしまいそうなほど儚《はかな》く繊細なくせに、思わず手を伸ばしたくなる甘い空気を匂い立たせる。長いまつげに縁取られた鮮やかな緑色の瞳は、神秘的ですらあった。

近所の子どもたちがしょっちゅう柊に絡み、からかったのは、今にして思えば美少女めいた柊の気を引きたい一心だったのだろう。怯《おび》える柊を庇《かば》い、いじめっ子どもを追い返すのは、いつだって夏生の役割だった。

『夏生、夏生、大好き。僕もう、夏生が居ないと生きていけない』

泣きべそをかく柊の胸元には、いつもペンダントが下がっていた。プラチナのプレートに柊の瞳と同じ緑のエメラルドを嵌め込んだそれは、めったに会えないアメリカの祖母がお守り代わりにとわざわざジュエリーデザイナーに注文し、贈ってくれたものだそうだ。エメラルドには邪悪なものを寄せ付けない効果があるのだという。

宝石の価値なんてまるでわからなかったけれど、柊の瞳と同じ色の石ならご利益がありそうな気がした。夏生と一緒にゲームをしたり、好きなアニメを見たりする時の柊の瞳はきらきらと輝き、まぶしいくらいだったからだ。

『でも、柊の目の方が綺麗だよな。一緒に居るときらきら光って、たまに見とれるもん』

『…っそ、それは、夏生が一緒だから…。僕は、夏生の目の方が好きだよ』

『えー？　俺なんて全然フツーじゃん』

『そんなことないよ。つやつやして黒くて…まるで星空を閉じ込めた尖晶石《せんしょうせき》みたいだ』

父親の影響か、柊は時々難しい言葉で照れくさい賛辞を浴びせてくるから困った。

柊の父の茂彦は民俗学者だ。若手では有名だそうで、自宅の書庫は茂彦が日本各地から集めた分厚い文献に埋め尽くされていた。夏生なら数ページも読まないうちに居眠りしてしまいそうなそれらを、柊はだいたい読破したというから驚きだ。

学校が長い休みに入ると、柊と夏生は決まって家族ぐるみで旅行に出た。フィールドワークで留守がちな茂彦も、この時ばかりは必ず休みを取って参加する。寂しい思いをさせてばかりの妻子に対する、罪滅ぼしでもあったのかもしれない。

十年前――夏生たちが八歳の夏休みにも、旅行は計画された。行き先は都心からほど近いN県の日無山。メジャーな観光地ではないが茂彦の生まれ故郷であり、柊の祖父母から受け継いだというコテージを使わせてもらえることになった。近くにはキャンプ場があり、バーベキューやフィールドアスレチックも楽しめるらしい。

わくわくしながら父親がレンタルしたライトバンに乗り込んだ夏生だが、すぐに異変に気付いた。いつもなら必ず同行するはずのジェニファーの姿が無かったのだ。茂彦によれば風邪をひいてしまい、大事を取って留守番をしているのだという。

……おばさんが、風邪？

いつも家に居て、遊びに行けば手作りの美味しいおやつを食べさせてくれる優しいジェニファーは、夏生の二人目の母親のような存在だ。一人で寝ているなんて心配だったが、もっと心配なのは柊だった。ぼうっと車窓の外を眺めたまま、夏生や妹が何を話しかけても上の空で、ろくに返事もしてくれない。そのくせ夏生の手をぎゅっと握り締め、離そうとしないのだ。

茂彦も父も母もそんな柊をたしなめようとせず、あいまいに笑うだけ。奇妙に静かな空気に、夏生と妹は戸惑うばかりだった。

やがて日無山のふもとにあるコテージに到着すると、柊はようやく元気を取り戻したようだった。コテージの近くには小川が流れている。さっそく水遊びにくり出そうとした子どもたちに、茂彦は真剣に言い聞かせた。

『いいかい、三人とも。子どもだけで山に入ってはいけないよ』

『えぇ、どうして？』

『日無山は小さな山だけど、もう何人も行方不明になっているんだ』

茂彦は大学進学まで山すその村に暮らしていたが、何年かに一度、山に入った人が帰らず大騒ぎになったのだそうだ。そのたびに村人が総出で捜し回り、警察や消防も加わったが、見付かった者は一人も居ないのだと聞かされ、夏生と妹は震え上がった。

『…確か、山には沼があったよね？』

口を挟んだのは柊だ。幼い頃、父方の祖父母に会うため村を訪れたことがあるらしい。

『そうだ、よく覚えていたな。行方不明になった人たちはその沼に落ちたんじゃないかと言われて、ダイバーも潜ったんだが、結局誰も見付からなかった』

だったら彼らはいったいどこへ行ってしまったのか。ごくりと息を呑む夏生たちに、茂彦は真剣な表情で告げた。

『──異界』

この世ではない世界。普通の手段ではどうやってもたどり着けない世界に彼らは迷い込み、帰れなくなったのかもしれないと茂彦は言う。

『山はね、昔から異界だったんだよ。人里の決まりごとは通用しない別世界だ』

『…一度迷い込んだら、もう、戻れないの？』

『わからない。おじさんの知る限り、日無山で迷って帰って来た人は居ないからね』

だから絶対、子どもだけで山に入ってはいけないよと念を押され、夏生と妹はこくこくと頷いたのだ。家族も柊も居ない世界に迷い込み、帰れなくなるなんて想像するだけでもぞっとする。

……でも、何だろう？　何か、変な感じがする。

もやもやしながらも夏生は柊や妹と小川で泳ぎ、夜はバーベキューを楽しんだ。ずっと纏《まと》わり付いていた違和感の正体に思い当たったのは、柊と二人でベッドに潜り込んだ後のことだ。

……そうだ。山に入るなっておじさんに言われた時、柊は頷かなかった。

どうして頷かなかったんだろう。尋ねてみたかったけれど、昼間たくさん遊んで疲れきっていたせいか、すぐに眠りに落ちてしまった。エアコンが点《つ》いていたのに、柊に握られたままの手が妙に熱かったのを今でも覚えている。

翌朝。

朝日がようやく稜線《りようせん》から顔を覗かせた頃、夏生は柊に揺り起こされた。両親と茂彦は子どもたちが眠った後、遅くまで酒を飲んでいたようで、コテージはしんと静まり返っている。

『山に行こうよ。…僕たちだけで』

そう誘われて断りきれなかったのは、二人だけなら、昨日から様子がおかしかった理由を聞き出せるのではないかと思ったからだ。昨日はずっと妹か両親が傍に居て、内緒の話なんて出来なかった。

皆を起こさないようこっそりコテージを抜け出すのは、探検みたいでどきどきしたけれど、ささやかな興奮はすぐ後悔に変わった。柊に手を引かれるがまま入り込んだ日無山には、真夏の早朝にもかかわらずうっすらと霧《きり》がかかっていたのだ。空は青く晴れ渡っているだけに、素肌を無数の虫が這《は》い回るかのような不安に襲われる。

『…なあ、柊。何があったんだよ』

帰りたい気持ちを堪えて問いかけるが、柊は答えない。

『また近所の奴らにいじめられたのか？　だったら、俺がまた…』

『……ねえ、夏生。夏生は僕とずっと一緒に居たいと思う？』

おもむろに振り返った柊の瞳は、うっそうと茂る木々の影を溶かし、暗くよどんでいた。どうしてそんなことを聞くんだろう。首を傾げながらも、夏生は頷く。

『当たり前だろ。今までだってずっと一緒だったんだし、離れるなんて考えられないよ』

『本当……!?』

破顔する柊の周囲で、風も無いのに木々がざわめいた。びくりとする夏生の手を、柊はぎゅっと握り締める。

『じゃあ、コテージには戻らずにずっとここに居よう。僕と夏生、二人だけで』

『…何言ってるんだよ。そんなこと、出来るわけないだろ』

『出来るよ。だって夏生は、僕とずっと一緒に居たいと思ってくれてるんでしょ？』

『そういうことじゃなくて…っ！』

雨露をしのぐ家も食べ物も無い山の中で子どもが生活するなんて、出来るわけがない。夏生にだってわかるのだ。頭のいい柊にわからないはずはないのに。

『行こう、夏生』

柊は夏生の手を引き、細い山道をうきうきと上り始めた。

引っ張られていくうちに霧はどんどん濃さを増し、周りの風景を呑み込んでしまう。木々の輪郭が薄れ、虫の鳴き声が消え、ほんの数メートル先すら見通せなくなる。うっとうしいほど満ち溢《あふ》れていた生命の息吹は遠く、乳白色に染まりゆく世界には柊と夏生しか存在しない。

――山はね、昔から異界だったんだよ。人里の決まりごとは通用しない別世界だ。

茂彦の言っていた異界に、もしや自分たちは足を踏み入れかけているのではないか。Tシャツの下を冷たい汗がつうっと流れ落ちた。纏わり付く霧に体温を奪われ、肌寒いほどなのに。

山に入る前、通り過ぎたキャンプ場の掲示板には、日無山で行方不明になった人を捜すポスターが何枚も貼られていた。彼らもまたこんなふうに霧に包まれ、異界へ迷い込んでしまったのかもしれない。

『…柊…っ！』

腕を摑《つか》む柊の手がごつごつとした大人の大きなそれに見え、夏生は悲鳴を上げた。さすがに立ち止まってくれた柊に、懸命に訴える。

『もう帰ろうよ！　このままじゃ俺たち、異界に…っ…』

『…だから、いいんじゃないか』

『えっ？』

聞き間違いかと思った。けれど柊は笑っていた。嬉しそうに。…楽しそうに。

『僕はずっとこのままがいいんだ。ずっとずっとこのまま、夏生と一緒に居たい。そのためなら、異界に行ったっていい』

『柊……？』

ぐいぐいと引っ張る柊の力は子どもとは思えないほど強く、夏生は半ば引きずられるようにして山道を上っていった。夏生には木々の影がぼんやり見えるくらいなのに、柊の目には周りの風景が鮮明に映っているらしい。

『この看板のとこから入れば、近道なんだよ』

山火事注意を呼びかける立て看板が霧の中に浮かび上がると、柊は脇道に逸れた。岩場に囲まれた道は、さっきまでと同じ山の中とは思えない。

そしてその先には――闇が横たわっていた。星明かり一つ無い夜空を凝縮したような、どこまでも暗く深い闇が。

あれは駄目だ、と本能が警告する。あれに捕まってしまったら、二度と戻れなくなると。

『嫌だ、怖い……っ！』

夏生は叫び、渾身の力で柊の手を振り解いた。

驚愕《きょうがく》に目を見開いた柊の顔が、身体が、みるまに白い霧に包まれていく。――いや、あれは本当に霧なのか？　まるで山に住む化け物が、よってたかって柊をどこかに連れ去ろうとしているような…。

『……柊？』

思わずきつくつむった目を恐る恐る開き、夏生は腰を抜かしそうになった。…柊が居ない。ついさっきまで、すぐ傍に居たはずなのに。

『柊？　……柊っ⁉』

その場で何度も大声を張り上げてみるが、応えは返らなかった。勇気を出して一歩踏み出そうとした瞬間、ごうっと一陣の風が通り抜け、吹き飛ばしていく。深い霧も、奇妙に静まり返った空気も、とぐろを巻いていた闇も。

ミーン、ミーン、ミーン……。

よみがえった蟬しぐれを遠くに聞きながら、夏生は呆然《ぼうぜん》と立ち尽くした。目の前に広がっていたのは闇ではなく、青い水をなみなみとたたえた沼だったのだ。

澄んだ水面に広がる大きな波紋が、ゆっくりと水に溶けていった。


それから夏生は何度も転びながら山を駆け下り、コテージの茂彦と両親に柊が消えてしまったことを知らせた。大人たちは警察に通報し、地元の消防団や自衛隊まで加わった大規模な捜索が展開されることになった。

警察は柊が拉致《らち》された可能性も踏まえ、キャンプ場の客や、当時日無山周辺を通行していた車両まで徹底的に調べたらしい。

沼に落ちたのかもしれないという夏生の訴えから、何人ものダイバーが潜ったそうだ。だが結局柊の発見にはいたらず、捜索の人手は時間の経過と共に減ってゆき…行方不明から二週間が経過すると、公的機関による捜索は終了してしまった。

『あれほど子どもだけで山に行っちゃ駄目って言ったのに！』

両親には生まれて初めて殴られ、こっぴどく叱られたが、茂彦は夏生を責めなかった。柊が異界へ行きたがっていたことを伝えると、痛ましそうにまぶたを伏せ、教えてくれた。この旅行から帰った後、自分とジェニファーは離婚するつもりだったのだと。

もともと精神的に不安定だったジェニファーだが、不在がちな夫に我慢しきれなくなり、一月ほど前とうとう離婚を切り出したのだという。茂彦もまた頑なに日本に馴染もうとしない妻には嫌気が差しており、合意はすんなりと成立した。

だが、柊は両親の離婚に激しく反対したそうだ。

というのも、柊の親権を持つことになったジェニファーが、離婚後は柊と共にアメリカに帰国する予定だったからである。日本に残りたい、夏生と離れたくないと柊は必死に茂彦に訴えたという。

茂彦としても聞き届けてやりたかったが、ろくに帰宅も出来ない茂彦に子どもの養育など不可能だ。親権を争ったところで、負けるのは目に見えている。柊の望みは通らなかった。せめてもの思い出作りにと、企画されたのが今回の家族旅行だったのだ。

事情を聞いた夏生の両親も、進んで茂彦に協力した。離婚の件を夏生に教えなかったのは、最後の旅行を楽しいまま終わらせてやりたかったからだろう。まさか柊があんなことになってしまうなんて、誰も予想しなかったのだ。

――僕はずっとこのままがいいんだ。ずっとずっとこのまま、夏生と一緒に居たい。そのためなら、異界に行ったっていい。

柊の様子がずっとおかしかったのも、あんなことを言っていたのも、旅が終われば夏生と離れ離れになるとわかっていたからだったのだ。なのに夏生はまともに取り合わず、最後には手を振り解いてしまった。

……俺のせいだ……！

あの時、夏生さえ手を離さなければ、きっと柊は行方不明になんてならなかった。大人たちは――異界の話をしてくれた茂彦さえ『そんなことはありえない』と言ってくれたけれど、柊はあの霧の向こうに広がる異界へ連れ去られてしまったに違いないのだ。…だって他ならぬ柊自身が、それを望んでいたのだから。

柊の行方不明から半年も経たず、ジェニファーは茂彦と離婚し、アメリカに帰国した。一時、失踪には両親が関わっているのではないかと心無い誹謗中傷《ひぼうちゅうしょう》が飛び交い、いたたまれなくなってしまったらしい。

茂彦は二、三年の間ボランティアを募り、定期的に日無山を捜索していたが、助手だった女性と再婚してからは絶えてしまった。

ならば自分だけでも、と意気込む夏生を、両親は決して許してはくれなかった。子どもが一人、山の中を捜し回るなんてとんでもない。ただでさえ夏生は柊のことで責任を感じているのだ。そんな状態で山に入ったって行方不明者が増えるだけと指摘されれば、親の庇護下にある子どもには反論も出来なかった。

――柊の失踪から十年。

小学生だった夏生は大学生になったが、柊はいまだ行方不明のままだ。もう誰も、柊の生存を信じている者は居ない。

茂彦は近所の家を売り払い、新しい家族と共に引っ越してしまったし、ジェニファーもアメリカで再婚したらしいと母親から聞いた。口には出さないが、夏生の両親や妹も、柊はどこかで死んだのだと思っているはずだ。

だが夏生は、どうしても諦めきれなかった。

柊は絶対に生きている。…霧の向こうの異界で。そう思わずにはいられなかった。柊がどこかで命を落としたなら、きっと夏生にはわかるはずなのだ。

根拠の無い自信を確信に変えたのは、大学生初の夏休みに入ってすぐ報道された事件だった。柊を見失った日無山のあの沼に、遺体が浮かんだのだ。

遺体が十三年前――柊の消える三年前、同じく日無山で消息を絶った男性だったことが判明すると、マスコミは騒然となった。司法解剖の結果、男性の死因は心不全であり、事件性は見られないという。だが男性がこの十三年間どこでどうやって生きてきたのか、入念な捜査にもかかわらず、警察は摑めなかったのだ。街中のいたるところに監視カメラが設置されたこのご時世、何の痕跡も残さずに生きるなんて不可能に等しいのに。

十三年間、山の中で生き続けていたとでもいうのだろうか。

今まで何人もの人々が行方不明になっていることも手伝い、マスコミは日無山を神隠しスポットと騒ぎ立てた。

日無山に取材クルーや動画配信者が連日押し寄せ、怪しげなオカルト研究家までもが入り乱れて好き勝手に持論を展開する一方、夏生は運命的な何かを感じずにはいられなかった。男性の遺体が浮かんだのは、十年前、柊が行方不明になったのと同じ日だったのだから。

柊もまた男性のように、山のどこかにある異界で生きているのではないか。…夏生に助けを求めているのではないか。そう思うと居ても立ってもいられなくなり、夏生は再び日無山に入る決意を固めた。いつか柊を捜す時のためにこつこつとアルバイトで貯金してきたから、費用には困らない。

そして遺体発見から半月後の今日、まだ暗いうちに一人暮らしのアパートを出発し、山道を上り続け…ようやくたどり着いたのだ。十年前、柊を呑み込んだ沼に。

……ごめん、柊。またここに来るまで、十年もかかっちまった。でも今度こそ絶対、お前を捜し出してみせるから。

いつの間にか詰めていた息を吐き、夏生は岸辺にしゃがみ込んだ。

「……静かだな……」

あの日と同じ青い水面をきらめかせる沼に、夏生以外の人影は無かった。半月が経ち、マスコミの取材熱も冷めつつあるのだろう。人目を気にせず動き回れるのはありがたい。

夏生はシャツの袖をまくり、そっと水の中に手を沈めた。

…冷たい。歩き続けて火照《ほて》った肌が冷えていくのを感じながらちゃぷちゃぷと水をかき混ぜ、濡れた手を嗅《か》いでみるが、かすかな藻《も》の香り以外何の匂いもしなかった。手が溶けたり、爛《ただ》れたりすることも無い。ごく普通の水だ。

だが十年前、この沼は水ではなく、澱んだ深い闇をたたえていたのだ。誰も信じてはくれなかったけれど、夏生は確かにこの目で見た。異様なほど深い霧と、闇に満たされた沼。この二つが柊の、そしておそらくは遺体となって発見された男性の失踪に関わっているに違いないのだ。

「柊、柊！　……柊っ！」

夏生は濡れた手を拭き、岸に沿ってぐるりと周辺を巡り始める。

「俺だよ、夏生だよ！　居るなら返事をしてくれ、柊……！」

あの日も雲一つ無い晴天だった。そのくせ妙に冷たくじっとりした空気も、シャツの下を汗が這う感触も、遠い蟬の声までもが記憶とそっくり同じだ。違うのは、柊が隣に居ないことだけ。

なのにどれだけ歩いても、沼の水面は澄んだまま、さざ波一つ立たない。霧が出そうな気配も無い。やがて目印にと紐《ひも》を結んでおいた木を見付け、夏生はがっくりと肩を落とした。一周回って出発地点に戻ってきてしまったのだ。

「はあ……」

なるべくあの時と近い時間帯に合わせたはずだったのに、気付けば太陽は空高く昇っている。そろそろ昼だ。天気は崩れそうもない。

……これじゃあ、霧なんて出ないよな。

草むらに座り、昼食代わりのゼリー飲料を飲みながらお天気アプリでこのエリアをチェックしてみるが、降水確率は零パーセント。警報のたぐいも出ていない。

だが、十年前だってそうだったはずなのだ。柊と共にこの山に入ったとたん霧が出て、沼は闇に染まった。だから今日も、沼までたどり着きさえすればあの時のように霧に包まれ、柊が迷い込んだ異界への扉が開くのではないかとひそかに期待していたのだ。

ぽすん、と夏生は立てた膝に顔を埋めた。

「柊……居るなら、出て来てくれよ」

会いたい。今すぐ会って、可愛いと評判だった近所の女の子よりも綺麗な笑顔を見たかった。柊は女の子みたいだと言われるのを嫌がっていたから黙っておいたけれど、柊に笑いかけられるたび、ほんのちょっとだけどきどきしていたのだ。

「会いたいよ……」

なのに最後の記憶に刻まれた柊の顔は、驚きと悲しみにゆがんでいる。まさか夏生に手を振り払われるなんて、思いもしなかったのだろう。

もう一度会えたら謝りたい。あの時、手を振り解いてごめん。…何も知らなくて、一人にしてごめん、と。

謝るから。何度でも、許してくれるまで謝り続けるから。

「…柊…っ…！」

じわり、と堪えきれなかった涙が溢れそうになる。手の甲で乱暴に拭おうとして、夏生はようやく気付いた。あたり一面、白い霧が漂っていることに。

「なっ……⁉」

反射的に立ち上がる間にも霧は濃度を増し、みるまに立ち込めていく。

……あの時と同じだ！

ならば沼は、と見回してみるが、すでに視界は霧に埋め尽くされていた。伸ばした己の腕の先端さえ、ぼんやりとかすんでしまう。

おかしい。十年前も確かに濃い霧に覆われてはいたが、闇に染まった沼ははっきりと見えた。手をつないだ柊の顔も。

……いつの間にか、柊が連れ去られたのとは別の世界に迷い込んでしまったのか？

そうだ、どうして異界がたった一つだけだなんて思っていたんだろう。異界と呼ばれる別世界がいくつも存在し、日無山がその出入り口なのだとしたら、柊と同じ世界につながるとは限らないではないか。

「誰か……！」

全身の血の気が引いていくのを感じながら、夏生は叫んだ。下手に動いたら沼に落ちてしまいそうで、でもじっとしていたら頭がおかしくなってしまいそうだった。纏わり付く霧はまるで化け物の触手だ。じわじわと正気をからめとっていく。

応えは返らない。だがはるか遠くにうっすらと人影が揺らめいたような気がして、夏生はごしごしと目をこする。…見間違いじゃない。誰かが、霧の向こうに居る！

「…助けて！　助けて下さい！」

両手をメガホン代わりに、夏生は人影の方へ必死に呼びかけた。届かないかと思ったが、ゆら

ゆらと揺れていた人影はぴたりと動きを止めた後、まっすぐこちらへ近付いてくる。気付いてくれたのだ。

　自分の姿さえさだかではない霧の中、その人の姿はスポットライトにでも照らされているかのようにくっきりと浮かび上がる。

　藍色《あいいろ》の作務衣《さむえ》を着た、長身の若い男だった。夏生よりゆうに頭一つ以上大きいだろう。

　みっしりとついた筋肉が作務衣を押し上げ、丈の足りないズボンからは長い脚が窮屈そうに伸びている。日本人離れした彫りの深い顔立ちはよく見れば驚くほど繊細に整っているが、厚い唇がかすかに刻む人懐っこそうな微笑みのおかげか、威圧感はほとんどない。作務衣ではなく戦闘服でも着れば、ハリウッド映画の主役も務まりそうだ。マシンガンを華麗に使いこなすエージェントや、巨悪と戦う正義の兵士が嵌まり役だろう。

　だが、夏生が釘付けにされたのは男の目だった。宝石のように鮮やかな緑色の瞳、あれは……あれは……。

「――夏生」

　男は嬉しそうに唇をほころばせ、豊かな張りのある低い声を紡いだ。

　……どうして、俺の名前を？

　問いかけようとしたとたん、頭の中が霧に覆われる。

　くずおれる夏生の身体を、逞《たくま》しい腕が抱きとめた。

ジワジワジワと、耳障りな音が鼓膜に染み込んでくる。

蝉の鳴き声だと気付き、夏生はごろりと寝返りを打った。蝉の鳴き声は嫌いだ。柊が消えてしまったあの日も、うるさいくらい鳴いていた。

すると今度は、胸元に風が吹き付けてくる。肌寒さにぶるりと身を震わせれば、くす、とかすかな笑い声が聞こえた。何故か背筋に甘い痺《しび》れが走る。

「…相変わらず、寝相は悪いままなんだな」

胸元をやわらかなものに覆われる。布団をかけてくれたようだ。乱れた髪を梳《す》いてくれる手がひどく心地良くて、夏生は甘やかされた猫のように擦り寄る。

「……、……っ！」

そのままとろとろとまどろみそうになり、ばっと目を開いた。大学に入ってから一人暮らしを始めたのに、優しく布団をかけてくれる人なんて居るわけがない。

「何だ、もう起きたのか」

まだ眠っていて良かったのに、と微笑むのは、霧の中から現れたあの男だった。夏生が寝かされた布団の横に胡坐《あぐら》をかき、夏生の頬を撫でている。気絶してしまった夏生を助け、ここまで運んで来てくれたらしい。

十畳ほどの和室はすっきりと片付けられ、開け放たれた襖《ふすま》の向こうは板張りの廊下と縁側に続いていた。さらにその奥には小さな庭。天井からぶら下がる傘付きの大きな電球や、カタカタと小さな音をたてて回る扇風機の青い羽根がレトロな空気を漂わせている。…どう見ても人間の家だ。日無山には民家なんて無いはずなのに。

「…あ、…貴方は…？　ここはいったい…」

「俺がわからないのか？」

わからないも何も、男とは今日が初対面だ。いぶかしみながら頷けば、男は悲しそうに眉を下げた。

「…そうか…。あれからもう十五年だからな…」

「え？　…あの…」

「俺だよ、夏生。俺は四辻柊だ」

「―――はっ？　……柊？」

夏生は大きく目を見開き、まじまじと男を見詰めた。

数人に囲まれてもたやすく倒せてしまいそうな筋骨逞しい肉体。雄《おす》の匂いを濃厚に漂わせる端整な顔。低いのにどこか甘い声。歳の差を差し引いても、男と柊に共通点など無かった。たった一つ、緑の双眸《そうぼう》を除いては。

ありえないと否定する前に、男は口を開いた。

「…小学校に入ったばかりの頃、お前、うちに泊まりに来ておねしょしたよな」

「っ……!?」

「絶対誰にも知られたくないって泣くから、母さんが起きる前にこっそりシーツを洗いに行って…でも適当に洗剤を放り込んだらランドリールームが泡だらけになって、結局ばれた上に叱られちまったよな」

「…何で…、その話を…」

それを知るのは夏生たちを除けば、ジェニファーと、謝りに行った夏生の母親くらいのはずだ。

二人ともこんなことを言いふらすようなタイプではない。

「あとはそうだな…飯塚《いいづか》の奴に、スーパーレアだって嘘《うそ》吐かれてノーマルカードとレアカードを交換した話でもするか？　それとも、芽依《めい》ちゃんの前で派手にすっ転んだ挙げ句、勢い余ってスカートをずり下ろしちゃった話とか…」

「うわあああああっ！　いい！　もういいっ！」

夏生はがばっと起き上がり、ぶんぶんと首を振った。

飯塚は小さい頃、柊をいじめていた同級生だ。柊を庇う夏生のことも敵視しており、何かと意地悪をされた。そして芽依は、ほのかな恋心を抱いていた近所の女の子である。スカートずり下げ事件以来、会えばそっぽを向かれるようになってしまったけれど。

どちらも恥ずかしすぎて親にすら話したことの無い、柊しか知らないはずの出来事である。ということは、この男は本当に柊なのか？　ガラス細工のように繊細で儚くて、いつも夏生の背中に隠れていた…？

「あとは……これを」

まぶしそうに夏生を見詰めていた男が、ちゃり、と胸元からペンダントを引き出した。

エメラルドが嵌め込まれたプラチナのプレートに、夏生は目を奪われる。アメリカに住む柊の祖母が高名なジュエリーデザイナーにオーダーしたペンダントは、柊が目の前で消えたあの日も胸元に下がっていた…。

「……本当に、柊？」

「ああ」

「本当の本当に、柊？　…そんな、外人部隊の傭兵《ようへい》みたいになってるのに？」

「何だよ、外人部隊って」

ぷっと吹き出す顔が、記憶の中のそれに重なった。嗚咽《おえつ》と共にせり上がる衝動のまま、夏生は男の…見違えるくらい逞しくなった柊の胸に飛び付く。

「柊、柊、柊……っ！」

勢いよくぶつかっても、分厚い胸板はびくともしなかった。ほのかな石鹸《せっけん》の香りに交じる懐かしい匂いに、ぶわりと涙が溢れ出す。

「生きて…、生きててくれたんだな…！」

「夏生……」

「会いたかった、……ずっとずっと、会いたかった……！」

――夏生の前から消えた後、どうやって生きてきた？

――ここは、いったいどこなんだ？

――どうしてあの時、霧の中から現れた？

聞きたいことは次から次へと湧いてくるのに、震える唇からこぼれ出るのは言葉にならない嗚咽だけだ。みっしりと筋肉のついた背中に腕を回し、ぺたぺたとあちこち触りながら左胸に顔を埋める。目の前の柊が幻ではないと、…生きているのだと確かめずにはいられなくて。

……あったかい……。

隆起した胸から聞こえる少し速い、だが力強い鼓動と、作務衣越しに伝わる温もりは生きた人間のものだ。

どれだけこの音を聞きたかったか。どれだけこの熱を感じたかったか。

「…夏生、おい、夏生」

されるがままだった柊が身じろぎ、ぽんぽんと夏生の背中を叩く。

「ちょっとでいいから離れてくれないか」

「やだ」

「やだって、お前…」

「絶対離れない。まだぜんぜん柊が足りない」

夏生はふるふると首を振り、いっそう強くしがみつく。一瞬でも離れたら、また柊が消えてしまいそうで怖かった。離れていた十年分、柊の温もりを味わいたかった。

「…っ…、夏生…」

ぶるりと胸を震わせ、柊は夏生の後ろ頭を撫でた。寝ていたせいであちこち跳ねたくせっ毛の感触を、懐かしそうに指先で確かめる。

「頼むから離れてくれ。…俺も、お前が足りないんだ」

「柊、も…?」

「寝顔はずっと眺めてたけど、起きて動いているお前を見たいんだよ。成長したお前を、じっくり見せてくれ」

切なさの滲《にじ》む懇願《こんがん》に、ずきんと胸が痛む。柊の中の夏生も、八歳の子どものままなのだ。

……柊の願いを叶えてやりたい。でも、離れるのはやっぱり怖い。

夏生の複雑な気持ちなど、柊にはお見通しだったようだ。軽々と夏生の腰を持ち上げ、向かい合う格好で自分の膝に乗せる。

「これなら、ずっとくっついていられるだろ？」

「…う、うん、でも」

今度はやたらと綺麗な顔が近すぎて、何だか落ち着かない。そう訴える前に、両頰を大きな掌《てのひら》に包み込まれた。

「――変わらないな、夏生は」

「そ、そりゃ、お前に比べたら誰だって」

「綺麗で可愛いままだ。さっき沼で見付けた時もすぐにわかった」

誰が可愛いんだとか、綺麗なのは昔のお前の方だろとか、突っ込むことは出来なかった。エメラルドより鮮やかな瞳の奥に、狂おしい光が揺れていたから。

……柊は、こんなに大人だったっけ？

大人びているのではなく本当に大人の男に見えてしまい、夏生は戸惑った。柊はまだ夏生と同じ十八歳のはずなのに、大学の同級生たちのような緩さや甘さの欠片も無い。

「柊…」

「おーい、柊兄ちゃーん！」

問いかけようとした時、子どもの高い声が響いた。

びくっとして振り向けば、縁側に上がり込んだ十歳くらいのやんちゃそうな男の子が大きく手を振っている。ノースリーブの白いシャツにカーキの半ズボン、短く刈り上げた頭という、大昔のモノクロ映画から抜け出してきたようないでたちだ。虫捕り網と虫かごでも持たせてやりたくなる。

「そろそろ時間だよー！　早くその流れ人、連れて行かないと！」

「わかってる、今行く！」

柊は名残惜しそうに夏生を膝から下ろし、すっと耳元に唇を寄せてきた。男の子に聞かれてはまずいようだ。

「俺に聞きたいことが山ほどあるのはわかってる。でも今は、黙って俺の言う通りにしてくれ。後でちゃんと答えるから」

「…、わかった」

柊は絶対、夏生のためにならないことはしない。「すまない」と囁《ささや》き、十年ぶりに再会した幼馴染みは夏生を立ち上がらせる。

「村長の家はそう遠くないが、歩けそうか？」

「うん。大丈夫……だと思う」

ためしに足踏みしてみるが、めまいには襲われなかった。ほっとした表情の柊に促され、縁側に出ると、退屈そうに脚をぶらぶらさせていた男の子はわあっと歓声を上げる。

「すげー！　柊兄ちゃんと吉川《よしかわ》のおっちゃん以外の流れ人、初めて見た！」

「こら、和夫《かずお》。初対面の相手にその態度は何だ。まずはあいさつだろう？」

「あっ、ごめん。……こんにちは、俺、澤田《さわだ》和夫です」

柊に睨《にら》まれ、和夫はぴょこんと庭に下りてお辞儀をする。これでいい？　と横目で和夫に問われ、柊はやれやれと頷いた。

　気安いやり取りに、夏生は内心驚いてしまう。昔の柊は人見知りで、家族と夏生以外の人間と仲良くなることなんてめったに無かったのだが、和夫とはずいぶん打ち解けているようだ。

　……兄ちゃん、って呼んでるしな。

　十年の間、柊は夏生の知らないところで独自の人間関係を築いてきたのだ。…そんなの当たり前だ、夏生だって柊以外の友人たちと付き合ってきた。柊を責める権利なんて無いはずなのに。

「……こんにちは。櫛原夏生です」

　もやもやする心に蓋をし、夏生も頭を下げる。和夫は嬉しそうに笑い、何度も反芻《はんすう》するように頷いた。

「夏生、夏生……夏兄ちゃんだな、よろしく！　わかんないことがあったら、何でも聞いてくれよ。これからずっとここで暮らすんだし」

「え……」

「――和夫、村長との対面の前だ。よけいなことは言うな」

　柊に低く警告され、和夫は首を縮こめると、先に行ってるからと叫びながら走り去っていった。

　……ずっとここで暮らすって、どういうことだ？

　引っかかりはしたが、今聞いてもきっと柊は教えてくれないのだろう。

　諦めて息を吐いた夏生の前に、柊は靴を揃えて置いてくれた。夏生が履いてきた登山用の靴だ。柊が脱がせ、保管しておいてくれたのだろう。そういえば背負ってきたリュックはどうなったのだろうか。あの中には非常食や着替え、スマートフォンなども入っているから、柊が保管してくれているといいのだが。

「行くぞ、夏生」

靴を履いて庭に下りると、柊が手を差し出してくれた。節くれだった手は十年前とは別人のように大きくなっている。大人の男の手だ。

この手を振り解いてしまったせいで、十年間も別離を強いられた。今また手をつなぎ、離したりしたら…。

「あっ…」

ためらう夏生の手を取り、指を絡めながら柊は苦笑する。

「また俺が消えるかもしれないって、不安になってるんだろ」

「…何で…」

「お前のことなら何でもわかるよ。昔からそうだっただろ」

そうだ。嫌なことや嬉しいことがあった時、両親すら気が付かなくても、柊には簡単に悟られてしまった。茂彦から人の心を見透かすサトリという妖怪の話を聞かされた時は、柊もサトリの血を引いているのではないかと思ったほどだ。

「……お前……、柊なんだな」

「何だ、まだ納得してなかったのか？」

「いや、そういうわけじゃなくて……別人みたいにでかくなっても柊は柊のままなんだってわかって、嬉しかったんだ」

「…そうか」

緑の瞳を細め、柊は絡め合った指に力をこめる。

「大丈夫だ、夏生。俺はもうどこにも行かない。手が解けたら、またつなげばいい」

「柊…、…そうか、そうだよな」

ひとしきり笑い合い、二人は庭を通り抜けた。

黒塗りの木を組んだ古風な門をくぐり、外に出たとたん、夏生は立ちすくみそうになる。離れたところにある民家の塀の向こうから、老婆と中年の女性がじろじろとこちらを凝視していたのだ。夏生に気付かれても家に引っ込むどころか、正体を見極めてやるとばかりに目を凝らす。

「珍しがられているだけだ。いちいち気にしていたら、きりが無いぞ」

柊の忠告の意味は、すぐにわかった。住宅街――にしてはやけに寂しい、平屋の民家がぽつぽつと並ぶ集落のあちこちから、住人たちが夏生を窺っているのだ。

決して近付いたり、話しかけたりしようとはしない。けれど値踏みするような視線は全身に絡み付き、消えることは無い。

……おかしい、よな。

住人たちだけではない。目に入る何もかもに違和感があった。

踏み締める地面は舗装されておらず、どこもかしこも赤茶けた土が剝き出しになっている。電柱は枝葉を取り去った丸太をそのまま利用しており、街灯のたぐいは付いていなかった。コンビニはおろか、個人経営の商店すら見当たらない。代わりに点在する畑には茄子《なす》やトマトや胡瓜《きゅうり》など、夏が旬の野菜がたわわに実っている。

強いて言うなら夏生の祖父母が住む田舎町に似ているが、あそこだって舗装くらいされていたし、公共交通機関があてにならないからどの家も一台は必ず車を持っていた。だが夏生の見た限りどこの民家にも車は停まっていないし、もちろん道路にも走っていない。

畑で農作業をする人々は鍬《くわ》や鋤《すき》を使い、トラクターなどは無かった。あの面積を全て人力で耕すのは、かなり骨が折れそうだ。

「……流れ人だ」

「柊以来だな…若いから、畑野《はたの》んとこの娘っ子なんてどうだ？」

「まずは柊だろうよ。澤田の娘なら年齢も釣り合うが、いかんせん気性がなあ…」

ひそひそと囁き合う住人たちの服装も、妙に古めかしい。半分以上は着物、残りは着物にもんぺを合わせたり浴衣だったりで、夏生の祖父母の方がまだ洒落た格好をしているだろう。

洋服姿なのは比較的若い人々だが、その洋服にしたってどこか野暮ったいというか、現代の流行からはかけ離れていた。昔アルバムで見た若い頃の祖父母があんな格好をしていただろうか。Tシャツにジーンズ姿なんて一人も居ない。

セピア色のフィルターがかかったような空気の中、柊の姿は鮮やかに浮かび上がって見えた。柊だって洗いざらしの作務衣を着ただけだが、かえって素材の良さが際立っていると思うのは夏生だけではないのだろう。若い女性たちは夏生ではなく、柊を熱く見詰めている。

「……？」

ふと突き刺すような視線を感じて振り返れば、長い黒髪の少女と目が合った。吊り上がった猫のような目はずいぶんと気が強そうだが、いまいちサイズの合っていないブラウスにえんじ色のプリーツスカートというあか抜けない格好でも、文句無しに美しい少女だ。

口をきいたことすら無いはずなのに、どうしてあんなに憎々しげに睨まれなければならないのだろうか。

首を傾げながらも歩き続け、やがて黒塗りの板塀に囲まれた大きな邸にたどり着いた。整然と瓦《かわら》を葺《ふ》いた入母屋《いりもや》屋根といい、どっしりとした棟門《むねもん》といい、寺や神社を連想させる造りだ。権力者が住んでいるのだと、部外者の夏生にも一目瞭然《いちもくりょうぜん》である。

「おーい！　柊兄ちゃん、夏兄ちゃん！」

門の前で待ち構えていた和夫が、手を振りながら駆け寄ってきた。やはりここが村長の家で間違い無いらしい。

「夏兄ちゃん、うちの姉ちゃんに絡まれたりしなかったか？」

「…姉ちゃんって？」

「ほら、こーいう」

和夫は指先で目じりを吊り上げ、唇を尖らせてみせた。吊り目のつんけんした女の子といえば、思い当たるのは一人しか居ない。

「白いブラウスにえんじ色のスカートの、綺麗な女の子か。睨まれはしたけど、他は何もされなかったよ」

「そっか、ごめんな。悦子《えつこ》姉ちゃんは柊兄ちゃんにほの字だから、夏兄ちゃんが気に食わないんだと思う」

「ほ、ほの字？」

どういう意味だと首を傾げていたら、惚れてるってことだ、と柊が教えてくれた。そういえば昔、祖母と見た時代劇で聞いた気がする。少なくとも和夫のような子どもが日常的に使う言葉ではない。

また一つ違和感が積み重なったが、睨まれた謎は解けた。さっきの少女…悦子は柊に恋しているから、柊に手を握られた夏生に嫉妬したのだ。どう見ても男の夏生にまで対抗心を燃やすなんて、柊もずいぶんと惚れ込まれたものである。

「夏生。俺たちはここまでだ。村長のもとには、お前一人で行ってもらう」

棟門をくぐり、磨《す》りガラスの嵌め込まれた引き戸の玄関の前までやって来ると、柊がとんでもないことを言い出した。

「一緒に行ってくれるんじゃないのか…？」

「そうしてやりたいのは山々だが、流れ人は最初に一人で村長に対面するのがこの小田牧村《おだまきむら》のしきたりなんだ。…俺も、十五年前はそうだった」

おそらく流れ人というのは、柊や夏生のようにあの霧に巻かれてここに…小田牧村に迷い込んだ人間のことなのだろう。和夫や悦子、妙に古めかしい格好をした者たちは元々の住人か。

「大丈夫だ、夏生。村長は変わっているが、お前を傷付けるような人じゃない。一日会って許しをもらうだけだ。すぐに終わる」

「……、わかった」

この期に及んで、離れるのは不安だなんて駄々をこねるのはわがままというものだろう。硬い表情で頷けば、柊はエメラルドのペンダントを外し、素早く夏生の首に着けてくれる。

「柊、これ…！」

受け取るわけにはいかない。柊の大切なお守りであり、行方不明になった時、衣服以外で身に着けていた唯一のものだ。

「預けるだけだ。後でちゃんと返してもらうからな」

くしゃりと髪をかき混ぜられ、強張っていた頬が緩む。返すということは、また必ず会えるということだ。

夏生は何度か深呼吸し、一人で邸の中に入った。

出迎えてくれる者は居ないが、代わりに長い板張りの廊下のあちこちにろうそくが灯されていた。これをたどって来い、ということなのだろう。

電灯はあるのに点けられていないせいで、室内は昼間なのにやけに薄暗い。まるでお化け屋敷だ。造りが豪華なだけに、いっそう恐怖を煽《あお》られる。今にも廊下の曲がり角から、血まみれの鎧《よろい》武者《むしゃ》が襲いかかってきそうだ。

柊のペンダントを握り締め、びくびくしながら廊下を進むと、突き当たりの右側の部屋で目印のろうそくは途切れていた。ここに入れということらしい。襖に描かれているのは何だろう…糸をぐるぐると巻き付けた、四本の細い棒…？

「失礼しま、……っ」

風変わりな襖を開いた先の座敷には、異様な空間が広がっていた。

壁という壁に頭の部分を赤く塗り潰した紙人形が貼りつけられ、天井からいくつも吊り下げられた紅《あか》い灯籠《とうろう》越しの光に妖《あや》しく照らされている。座敷の奥にある大きな台には釣り鐘のような形をした紫色の花をたっぷり活けた花瓶《かびん》や瓶子《へいじ》、塩を盛った小皿などが置かれ、四隅に据え付けら

れた細い棒に糸が幾重にも巻き付けてあった。さっきの襖絵と同じだ。

何かの祭壇を連想したのは、台の前に座した存在のせいだろう。何枚も着物を重ね、胸に赤い糸を束ねた房飾りを垂らし、白い頭巾《ずきん》と袴《はかま》を着けた装束は神職や山伏《やまぶし》を思わせる。

だがその顔を覆い隠す仮面は、神々しさの欠片も無かった。

憤怒の表情を写し取ったそれは、かっと見開かれた目もゆがんだ口も赤い糸で縫い閉じられ、血を流しているように見える。胸の膨《ふく》らみが無くがっしりしているので男だろうとは思うが、他は顔立ちも体格も、若いのか年老いているのかすらわからない。

「あ…、あの、貴方が村長さん…ですか？」

今すぐにでも回れ右をして逃げ出したいのを堪えて問えば、村長はこくりと頷いた。手甲《てこう》を嵌めた手で自分の前を指差す。そこに座れということか。

指示の通り、夏生は五十センチほど離れた前で正座した。縫い閉じられた瞳孔の向こうから強い眼差しを感じる。さて、何を言われるのか。柊のこれまでの暮らしについて、何か聞かせてもらえるのか。

どきどきしながら待ったが、村長はいつまで経っても黙ったままだった。やがてまた小さく頷くと襖まで膝行《しっこう》し、退出してしまう。

「……ええっ……？」

奇妙な座敷に一人取り残され、夏生は困惑した。村長は何も言わずに去ってしまったが、この後、どうすればいいのか。まだやるべきことがあるのか。

不安にさいなまれていると、襖が静かに開いた。村長が戻ってきたのかと思いびくっとしたが、入ってきたのは柊だ。さっきと同じ作務衣姿に、張り詰めていたものがどっと緩む。

「夏生、よく頑張ったな」

「っ…、柊……！」

夏生は勢いよく立ち上がり、柊に駆け寄った。作務衣の胸元を摑めば、背中をぽんぽんと優しく叩かれる。小さい頃、女の子みたいだとからかわれて泣きそうな柊を慰《なぐさ》めていたのは、夏生の方だったのに。

「対面は終わった。この後はお前も村の一員と認められ、自由に動き回れるようになる」

「対面って、あれで良かったのか？　村長には何も言われなかったし、ただじっと見られてただけなんだけど」

「村長は普段からめったにしゃべらない。何も言わなかったということは、不審な点が無かったってことだろう。俺の時もそうだった」

確かに、あんな仮面をかぶっていたらしゃべるのも一苦労だろう。ということは、村長はいつもあの仮面を装着しているのか。わずらわしくてたまらないだろうに、いったい何のために？

質問をぶつけたい気持ちを抑え、夏生は柊と共に座敷を出た。照り付ける太陽に手をかざしながら棟門をくぐろうとして、思わず立ちすくむ。道の両側に村人たちがずらりと並んでいたのだ。数十メートル先の曲がり角まで途切れず続いているから、ほとんどの村人が参加しているのではないだろうか。

異様なのは、全員が四本の細い棒に糸を巻き付けた道具を手にしているところだ。あの襖絵に描かれていたのと同じ道具のようだが、こちらは棒の中心に軸《じく》を設け、そこに通した長い棒を持ち手にしている。

「行ーきー行ーきーかーえーるー」

「くり返しー、巻き戻しー、満ち満ちぬ――」

「其《そ》ーはー、おだまき様のー、御業《みわざ》なりー」

彼らはみな神妙な表情を浮かべ、道具をゆっくり揺らしながら念仏めいた不思議な歌を合唱している。列の手前には和夫と悦子の姿もあったが、二人とも大人たちと同じように道具を揺らし、こちらには寄ろうともしない。

「…っ…、…」

夏生を一瞥《いちべつ》した悦子はふっくらとした唇を引きつらせるが、和夫に肘をつつかれ、途切れそうになった歌を慌てて紡ぎ直した。しゃん、と先頭の老人が小さな鈴を大量に連ねた神楽鈴《かぐらすず》のようなものを鳴らすと、歌は村を覆わんばかりに音量を上げる。

老若男女の合唱が響き渡る中、柊が手を引いてくれなかったら、まともに歩くことすら出来なかっただろう。最初に目覚めた和室に通され、奇妙な合唱が聞こえなくなると、夏生は敷きっぱなしの布団に倒れ込む。

「…何だったんだよ、あれ…！　あんなの、オカルト映画じゃないかよ…」

「あれは、新たに『おだまき様』に認められたお前を祝福しているんだ。村人たちはみな、熱心な信者だからな」

「……おだまき様……？」

村人たちの歌の中にも登場した名前である。だが、夏生の記憶が確かなら、それはこの村の名前でもあるはずだ。

「字が違うんだ。ほら」

柊は戸棚からノートを抜き取り、空白のページに鉛筆で『おだまき様』『小田牧村』と書いてくれた。昔よりも大人びた綺麗な字だ。

「『おだまき様』っていうのはこの村で崇《あが》められている神様のことだ。村の名前も、そこから取ったんだろう。村名は紛らわしいから適当に字を当てたんだろうな」

「…変わった名前だよな。そんな神様、初めて聞いた」

「たぶん、語源は『苧環《おだまき》』だと思う」

柊はおだまき様の横に『苧環』と書き足し、押し入れの天袋を漁った。長身のおかげで踏み台を使う必要も無く、すぐに村人たちが手にしていたのと同じあの糸を巻いた道具を取り出してくる。

「これが苧環だ。大昔に日本で使われていた、糸巻きみたいなものだな。小田牧村では信仰の象徴として、どこの家にも置いてある」

「あ、…ひょっとして、村長の家の祭壇も…？」

「ああ、苧環を模してあるんだと思う。村長はおだまき様を祀《まつ》る祭司でもあるからな」

から、から。

柊が糸の先端を引っ張ると、苧環は小さな音をたてて回り始めた。反対側の先端は軸に結び付けてあり、持ち手を回転させれば解けた糸は元通り木枠に巻き取られる。解けてはまた元通りになる、そのくり返し。

苧環をもてあそびながら、柊は口を開く。

「――十五年前、俺は霧の中をさまよい歩くうちに、この小田牧村にたどり着いた」

「十五年前？　…お前が日無山で行方不明になったのは、十年前だろ？」

夏生がここで目覚めた時も、あれから十五年だと言っていたのを思い出す。幼かったせいで、記憶が混濁しているのだろうか。

柊はどこか痛みを堪えるような顔で首を振った。

「十五年前なんだ、夏生」

「え……」

「この村で暮らし始めてから十五年経った。…俺は今、二十三歳なんだよ」

小田牧村は夏生たちがもと居た世界から切り離された世界なのだと、柊は言う。村の周囲は霧に囲まれ、出ることが出来ないため、小田牧村以外の集落が存在するのかどうかはわからない。

だが完全に隔離されたわけではなく、元の世界とかすかにつながっており、時折柊や夏生のような元の世界の人間…流れ人が迷い込むことがあるのだという。

夏生ははっとした。

「…もしかして昔、おじさんが言ってた異界っていうのは、小田牧村のことなのか？」

「おそらくそうだろう。たぶん、日無山のあの沼が元の世界と小田牧村をつなぐ入り口なんだ。…そして、お前の話を聞いて確信した。こっちの世界は、やっぱり元の世界とは時間の流れが違うんだって」

「やっぱり？」

「お前、浦島太郎《うらしまたろう》の話を覚えてるか？」

唐突な問いに戸惑いつつも、夏生は頷いた。日本人なら誰でも、小さい頃一度は読み聞かせられたことがあるだろう。

漁師の浦島太郎が亀《かめ》を助けたお礼に竜宮城《りゅうぐうじょう》へ招かれ、乙姫《おとひめ》から心尽くしのもてなしを受けた。やがて惜しまれつつも故郷に帰ったら、故郷では竜宮城で過ごした何倍もの月日が流れており、懐かしい家族や友人たちはみな亡くなっていた。失意の浦島が乙姫からもらった玉手箱を開けると白い煙が立ちのぼり、煙を浴びた浦島は老人になってしまった――。

「あれと同じような話…異界に招かれ、宝物を授かって帰ったら故郷では長い時が流れていた、というパターンの話は世界のあちこちに存在するんだ。つまり異界っていうのは、小田牧村に限らず、現世とは時の流れが違うものなんだよ」

「なるほど…」

理路整然と説明され、夏生は感心してしまった。そういえば柊は八歳の頃、民俗学者である父茂彦の蔵書を読破していたのだ。この手の推察は得意中の得意だろう。大人になり、明晰《めいせき》な頭脳にますます磨《みが》きがかかったようだ。

柊はまじまじと夏生を見詰めた。

「お前が十年、俺が十五年。ということは、こっちでは元の世界の一・五倍の速さで時間が流れてるってわけで、お前は十八歳なのか」

「…何だよ、その驚いた顔」

「いや…、最初に見付けた時は十五歳くらいに見えたから。もっとこっち側の時間の流れが速いのかと思ってたんだ」

「それって…」

俺が子どもっぽいってことかよ、と文句をつけることは出来なかった。柊がひどく愛おしそうに、緑の瞳を細めたせいで。

「お、…お前がでかくなりすぎたんだろ。昔は俺より小さくて可愛かったくせに、やたらと格好よくなって、『俺』とか言っちゃってるしさ」

「母親の血が強く出たんだろうな。こっちでは力仕事も多いから、自然と鍛えられるし。それにこの図体で『僕』は似合わないだろ」

答えながら柊は、ふっと唇をほころばせる。

「…格好よくなった、か。お前にも、俺はそう見えるのか？」

「え、…えっ？」

たゆたう笑みは十年前には無かった艶《つや》を帯び、どきりとするくらい大人の色気をしたたらせていた。

……こんな顔、するようになったのか。

柊は五つも年上の大人になったんだと、実感したのはこの時かもしれない。同性で幼馴染みの夏生さえ見とれてしまうのだから、悦子なんてひとたまりも無いだろう。

「…格好いい、よ。渋谷《しぶや》とか原宿《はらじゅく》あたりを歩いてたら、スカウトされまくりそう。こっちでももててるんだろ？」

「まあ…それなりには。でもきっと、夏生ももてるようになると思うぞ」

というのも、流れ人は基本的に歓迎される存在なのだそうだ。小田牧村という狭い異界の中で婚姻をくり返せば、どうしても血が濃くなりすぎてしまうが、流れ人と婚姻することによって血を薄められるからである。

だが、流れ人が無条件で受け容れられるわけではない。村にとって有害な者は処分される。それを判断するのが村長だ。

「言い伝えによれば、村長は小田牧村が切り離された時から続く古い家系で、代々おだまき様を祀る祭司も務めてきたんだそうだ。おだまき様は不変を司る神であり、村の守り神でもあると村人たちは信じている」

「その神様の祭司の判断なら信じる、ってことか」

祭司の村長がそこまで信頼されているのなら、おだまき様という神様は絶大なる信仰を集めているのだろう。いきなり現れた流れ人を受け容れるほどに。クリスマスを祝い、大晦日《おおみそか》には除夜の鐘をつき、正月には神社へ初詣《はつもうで》に行く典型的な日本人である夏生には、ちょっと信じられない話だが。

からら、と柊は苧環を回した。

「話を戻すぞ。…十五年前、小田牧村にたどり着いて村長との対面も済ませた後、俺は村長に後見されることになったんだ。たまたま最初に俺を発見したのが村長だったから、これも何かの縁だろうと言ってな」

「じゃあ、あの邸で育ったのか？」

「いや、実際の面倒を見てくれたのは和夫の両親だ。村長の妻子は早くに亡くなり、使用人も置いていなかったから、とてもじゃないが子どもの世話なんて無理だった」

だから和夫は柊を『柊兄ちゃん』と呼び、あんなに打ち解けていたのだ。

初対面の夏生にも友好的だったのは、もともと人懐っこいのに加え、兄弟同然に育った柊と同じ流れ人だからだったのだろう。柊と和夫の関係を見る限り、和夫の両親は流れ人の柊にも良くしてくれたのだと思うが…。

「……ごめん、柊」

夏生は布団の上に正座し、深々と頭を下げた。

「夏生？　どうしたんだ、いきなり」

「ずっと、お前に会えたら謝りたかった。あの時、俺が手を離しさえしなければ、お前はこんなところに迷い込まずに済んだ。…元の世界で、暮らしていられたのに」

村長という権力者の庇護を受け、和夫の両親に優しくしてもらえたとしても、彼らは柊の家族ではない。おだまき様という神を崇める奇妙なこの村で、家族も友人も居らず、たった一人きりで十年…いや、十五年も生きなければならなかったなんて、悲劇以外の何物でもない。

柊は夏生なんて足下にも及ばないほど優秀だった。元の世界でなら、どんな未来でも選べただろうに。…アメリカの母親と祖母と一緒に、幸せに暮らせただろうに。

「全部、…全部、俺のせいだ。謝って済むことじゃないってわかってるけど…、でも、…ごめん…、ごめん……！」

膝の上に揃えた手に、堪えきれなかった涙がぽたぽたと落ちる。ごそりと柊が動く気配がして、夏生は身構えた。殴られても蹴られても、甘んじて受けるつもりだった。…その程度では、とうていにはならないとわかっていても。

「夏生」

濡れた手をそっと持ち上げられる。つられて顔を上げ、夏生は目を見開いた。柊が見たことも無いほど嬉しそうに微笑んでいたから。

「謝ったりしないでくれ。俺はお前を恨んでなんかいないんだから」

「…っな、何で…」

「ここに現れたってことは、日無山のあの沼をまた訪れたんだろう？ …俺を忘れないで、捜しに来てくれたんだろう？」

包み込む手の熱に、十年の間、澱《おり》のように降り積もっていた後悔と自己嫌悪が少しずつ溶かされていく。

溢れそうになるそれを嗚咽と一緒に呑み込み、夏生は一回り以上大きくなった手を握り返した。

「…お前を…、忘れたことなんて、一度も無い…」

「夏生……」

「ずっと…、ずっとお前を捜してた。警察の捜索が終わっても、…みんなお前は死んだんだって言っても、俺は…俺だけは、お前を諦めきれなかった……！」

ぽたり、とまた手を濡らす熱い雫は、夏生ではなく柊の瞳から落ちたものだった。内側に炎を宿した緑のそれに、吸い込まれそうになる。

「──俺もだ、夏生」

泣きながら笑う顔が、十年前に重なった。柊は思わず見惚れる夏生を引き寄せ、分厚い胸に抱き締める。

「十五年間、ずっとお前に会いたかった。……お前だけが、欲しかった……」

「…柊、……っ？」

ぐっと体重をかけられ、夏生は支えきれず背中から布団に倒れ込んだ。反射的にもがこうとする夏生をたやすく押さえ付け、柊は整った顔を寄せてくる。

「――好きだ」

狂おしく囁いた唇が、うっすらと開いた夏生のそれに重ねられた。キスされたのだと理解したのは、熱を帯びた股間をぐりりと押し当てられた後だ。

……柊、勃《た》ってる？　何で？　……俺で？

のしかかってくる身体は作務衣越しにも燃えるように熱く、小柄な夏生など簡単に押し潰してしまえそうだ。

とっさに突き飛ばそうとした夏生に、柊は口付けを解いて小さく耳打ちする。

「悦子が見てる。このまま大人しくしてて」

「……っ…」

濡れ縁の方を横目で窺《うかが》い、夏生は悲鳴をこぼしそうになった。庭の木の陰から、大きな目を嫉妬に燃え上がらせた悦子がこちらを睨んでいたのだ。窓も襖も開け放たれ、悦子の視線をさえぎるものは何も無い。

いつの間にか、蟬は鳴きやんでいた。

「好きだ、夏生。愛してる……」

腰が砕けてしまいそうなほど甘く情熱的な告白も、悦子の耳に届いただろう。みしぃっ、と悦子が手にした苧環が軋《きし》んだのがその証拠だ。

「ん、……っ」

再び重ねられる唇を、夏生は拒めなかった。性急に押し入ってくる舌も、背中に回される力強い腕も。少しでも柊から離れたら、悦子に摑みかかられてしまいそうで。

……何て目を、するんだろう……。

お前を殺してやりたいと語る目は、十代半ばだろう少女のものとは思えない。

ぶるりと震える夏生のシャツの裾から、大きな掌が入り込んだ。汗ばんだ肌の感触を堪能するようにまさぐりながら、少しずつ這い上がっていく。

「……ん…っ、……!」

乳首をつまれると同時に舌をからめとられ、未知の感覚が電流のように全身を走った。思わず眼差しで抗議しようとして、夏生は硬直する。柊の緑の双眸に、剣呑《けんのん》な光が揺らめいていたせいで。

——余所見をするな。

無言の命令が夏生をきつく縛り付けた。

殺意をまき散らす悦子の視線にぐさぐさと突き刺されても、かさついた指先に小さな肉の突起をねちねちともてあそばれても、緑の瞳から目を離せない。出来るのはただ、キスと呼ぶには生々しすぎる蹂躙《じゅうりん》を受け止めるだけ。

「…ふ、…んぅ…っ…」

もしも柊に彼女が出来たら、きっとお姫様みたいに大切に扱ってやるんだろうと思っていた。手を握り、見詰め合うだけでも頰を染めてしまうような、初々しいカップルになるんだろうと。混ざり合った唾液も、吐息すらも奪い去る…こんな荒々しい口付けをするようになるなんて、想像もしなかった。

びくん、びくんと四肢が勝手にわななくたび、背中に回された手に力がこもる。逃げようとしているのだと思われたのだろうか。ずっしりと重く熱い身体にのしかかられ、呼吸すらままならない有り様で、逃げられるわけがないのに。

「……行ったな」

やがて名残惜しそうに柊が唇を離した時、夏生はぐったりと脱力し、ろくに身じろぎも出来なかった。シャツの中に居座ったままの手を追い出す気力すら残されていない。悦子は庭から去ったようだが…。

「…何で…、見られてるのに、こんなこと…」

どうにか息を整えて問えば、柊はふっと唇をほころばせた。あやされてるみたいだ、と感じたのは、気のせいではないだろう。今の柊は夏生より五歳年上の大人だ。

「見られてるからだよ。そろそろ悦子との縁談をかわしきれなくなってきたからな」

「縁、談…？　だってあの子、どう見たって十五、六ってとこだろ」

「今年十五歳だけど、こっちではじゅうぶん適齢期なんだよ。何せ小田牧村には病院も無ければ医者も居ないからな」

村の古老が漢方薬などを扱ってはいるが、民間療法の域を出ないそうだ。元の世界では病院にかかれば問題無く治る病気や怪我も、こちらでは命取りになる。

その分平均寿命が下がってしまうため、女性は若いうちに結婚し、なるべくたくさんの子どもを出産することが推奨されるらしい。実際、悦子の母親は十四歳で結婚し、翌年悦子を産んだというから驚きだ。

「戦国時代かよ…」

「俺の見たところ、文明的には俺らの祖父母の現役世代…元の世界の六、七十年前ってところだけどな」

そんな世界なので、十五歳の悦子は早すぎるどころか、なるべく早く結婚をと急かされる立場なのだ。美少女の悦子に求婚する若い男は後を絶たないが、全て断られているという。『私は柊兄様以外と結婚するつもりは無い』と言い張って。

「俺は流れ人だからな。まずいことに周囲も賛成していて、いつ押しきられてもおかしくなかった。だから村長に頼み、澤田の家から独り立ちさせてもらったんだ」

「…結婚、したくないのか？　悦子ちゃん、美人なのに」

「根は悪い子じゃないと思うけど、結婚相手には考えられない」

きっぱり宣言する柊はさっきまでの深い口付けの名残をとどめ、雄の色香を漂わせている。

これほどの男と一つ屋根の下で育てば、悦子でなくても、他の男に目移りなんて出来ないだろう。何だか少し可哀想になってしまう。

……でも、そうか。

やっと腑《ふ》に落ちた。柊が突然こんな行動に出たのは、悦子を――。

「諦めさせるためじゃないぞ」

「…は…っ？」

「悦子を諦めさせるためだけに、あんな真似をしたわけじゃない」

だったら何のために、としばたたく夏生のまぶたに、柊はそっと口付けを落とす。

「お前が好きだからだ」

「——」

「ここに迷い込む前からお前に恋してた。お前が俺だけのものになってくれればいいのにって、ずっと願ってた。…その思いは今も変わらない。いや、霧の中で十五年ぶりにお前を見付けた時、いっそう強くなった。胸が焼け焦げるんじゃないかと思うくらいに」

燃える緑の双眸が十年前を思い出させた。

…そうだ、早朝に夏生をコテージから連れ出したあの時も、柊はこんな目をしていた。じゃあ、異界に迷い込むはめになってもコテージに戻りたくないと…夏生と離れたくないと言って聞かなかったのは…。

「お前以外の誰も欲しくなかった。だから俺はたった一人で生きて、死んでいくんだと思っていたのに——お前は来てくれた。俺を捜すために」

「…柊…」

「ここで共に生きよう、夏生。俺がお前を守ってやる。お前さえ居てくれれば、俺にとってはどこだって楽園だ」

注がれる眼差しの熱量に流されるまま頷きそうになり、夏生はぶんぶんと首を振った。自分が日無山に登ったのは、柊と共に異界で暮らすためじゃない。柊を元の世界に連れ戻すためだ。

「駄目だ、柊。お前は俺と一緒に元の世界に帰るんだ。お前が生きて帰れば、きっとおじさんやおばさんも…」

「喜ばないよ。あの二人、今頃新しい家庭を作って、そっちに夢中だろうから。むしろ俺が戻らない方が都合はいいはずじゃないか？」

「っ……、そんな……」

そんなことない、と反論しかけた唇を、柊は苦笑しながらつついた。

「相変わらず嘘が下手だな、夏生は。…いいんだ、わかっていたから」

「わかっていたって…」

「母さんは父さんに隠れて男を作ってたし、父さんは助手の女と出来てた。俺が小田牧村に迷い込む前から、あの二人は夫婦として終わってたんだ。今さら俺が戻ったって、面倒にしか思わないに決まってる」

ずきり、と胸が突き刺されたように痛んだ。…八歳の頃、すでに柊は家族が壊れかけていたことを知っていたのだ。

……悔しいけど、きっと柊の言う通りだ。

日無山に登る前、夏生は両親に頼み、茂彦とジェニファーに連絡を取ってもらった。日無山のあの沼に柊と同じく行方不明となった男性の遺体が浮かんだことは、大々的に報道されたから二人とも知っているはずだ。一緒に日無山に登り、柊を捜さないかと誘うつもりだった。発見された柊が真っ先に両親と再会出来れば、きっと喜ぶだろうと思ったのだ。

けれど二人は即座に断ったばかりか、夏生にもよけいな真似をしないで欲しいと釘を刺してきた。マスコミが同じ場所で行方不明になった柊の存在を嗅ぎ付け、二人のもとへ取材に押しかけたらしい。今の家庭を大切にしたいから、これ以上マスコミを刺激しないでくれというのだ。

だから夏生は一人で日無山に入り、柊と再会を果たした…。

「今でも俺を忘れず、会いたいと思ってくれたのはお前だけだ。俺にはお前だけしか居ない」

「…でも、柊…俺はお前を、こんなところに居させたくない。元の世界に戻って、一緒に暮らすんじゃ駄目なのか？」

柊が自分に恋愛感情を抱いていたという事実は、にわかには受け容れられそうもない。

けれどここで暮らすことは柊にとって幸福ではないと、短い間で理解していた。元の世界より文明的にずっと遅れ、病院も無く、おそらく大学などの教育施設も無い。元の世界に帰りさえすれば、柊ならどんな学校でも職業でも選び放題だ。今の年齢ならば両親に頼らず、独り立ちすることも可能なのに。

「俺がこれまで、お前のもとに戻ろうとしなかったと思うのか？」

夏生を捕らえて離さない緑の双眸が、つっと細められた。きつく抱きすくめられた背中がかすかに軋む。

「何度も試したよ。もう一度だけでもいいからお前に会いたくて、ありとあらゆる方法を。…でも、駄目だった。たぶんあの沼は、元の世界から小田牧村への一方通行なんだ」

「柊…、……本当に？」

「こんなことで嘘を吐いてどうする？　まだ信じられないのも無理は無いが、流れ着いてしまった以上、お前も覚悟を決めてここで生きていくしかないんだ。……俺と一緒に」

わななわなと震える唇を、柊のそれでふさがれる。

絡み付く腕は息苦しいほどなのに、どこにも行くなと縋《すが》られているようで、夏生は突き放せなかった。


どこからか、風に乗っていい匂いがした。

夏生はひくひくと無意識に鼻をうごめかせる。…味噌汁の匂いだ。あとは炊きたてのご飯と、魚を焼く匂い。母親が食事を作りに来てくれたのだろうか。最近は大学受験が迫った妹にかかりきりで、たまに電話を寄越すくらいだったのだが。

「夏生、……夏生」

肩を優しく揺すられ、夏生は重たいまぶたを開けた。畳に膝をつき、覗き込んでいるのは母親ではなく、彫りの深い大柄な男だ。

緑の瞳と目が合ったとたん、夏生は一気に覚醒する。

「……柊……」

「おはよう、夏生。起きられるか？」

安心したように微笑む柊は、藍染めの浴衣に兵児帯《へこおび》を締めていた。のそのそと起き上がれば、小さい子どもを誉めるように頭を撫でられる。

「着替えたら隣に来てくれ。朝食が出来てる」

柊はすっと立ち上がり、開いていた襖を閉じていった。夏生は枕元に置かれたリュックを探ってハーフパンツとTシャツを取り出し、寝間着代わりに貸してもらった浴衣から着替える。

……やっぱり、夢なんかじゃなかったんだな。

今までのことは全部夢で、目が覚めたら十年前のコテージのベッドに柊と並んでいますように

――そんなむしのいい願いは、やはり聞き届けられなかったようだ。

「…圏外か…」

スマートフォンのディスプレイを確認し、夏生は溜め息を吐く。

――流れ着いてしまった以上、お前も覚悟を決めてここで生きていくしかないんだ。……俺と一緒に。

衝撃的な告白の後、柊は夏生が背負っていたリュックを押し入れから出してくれた。霧の中で夏生を保護した時、村人たちに見咎《みとが》められないよう、隠しておいたのだそうだ。

幸い、リュックの中身は全て無事だった。万が一に備えて詰めておいた食料も着替えも道具類も、スマートフォンもだ。

小田牧村は元の世界から切り離された異界だという柊の話を、疑っているわけではない。だが柊は八歳の時に迷い込んで以来、ずっとここで暮らしてきたのだ。もしかしたら小田牧村は異界などではなく、日無山のどこかに存在する因習深い隠れ里的な存在であり、そこに村人ぐるみで閉じ込められているだけではないか。

そんな疑惑を、スマートフォンは晴らしてくれるはずだった。ここが元の世界のどこかなら、地図アプリを使えば場所を特定出来るはずだからだ。

だがスマートフォンの表示は『圏外』。あれこれ試しても、無線LANの電波すら拾えなかった。当然地図アプリや、電波を必要とするアプリのほとんどが使用不可能である。

『今日は色々あって疲れただろう。早く休むといい』

落ち込む夏生を柊は優しくいたわり、布団を敷いてくれた。まだ日も高いのに眠れるわけがないと思いながら浴衣に着替え、床に就いたのだが、いつの間にか熟睡してしまったようだ。

これまた柊が丁寧に取っておいてくれた腕時計は、朝の八時を指している。…もっとも、元の世界とこちらとで時間が同じという保証は無いが。

「おお……」

乱れた髪を手櫛で整えてから隣の部屋に移動すると、使い込まれた丸い木のテーブルに美味しそうな朝食が並べられていた。豆腐とわかめの味噌汁に大根おろしを添えた出汁《だし》巻き卵、ふっくらと炊けたご飯に、名前はわからないがいい具合に焼けた魚。こんなにしっかりとした朝食は、実家を出て以降初めてかもしれない。

「これ、もしかして柊が作ってくれたのか？」

感嘆しながら座布団に腰を下ろせば、柊は苦笑する。

「ここに住んでるのは俺だけなんだぞ。俺以外の誰が作るんだよ」

「いや、誰か作りに来てくれる人が居るんじゃないかと、……思って……」

言葉がだんだん小さくなってしまったのは、緑の双眸が剣呑な光を帯びたせいだ。妙な居心地の悪さを感じて縮こまると、柊はくいっと夏生の顎を指先で掬《すく》い上げる。

「夏生…お前、忘れたわけじゃないだろうな？」

「な、何を…？」

「俺が欲しいのは、お前だけだってことを。……男でも女でも、お前以外の人間を上がり込ませるわけがないだろう？」

「……！」

夏生はがくがくと頷いた。もちろん忘れるわけがないが、うっかり覚えていないと冗談でも口にすればどうなるか、想像するだけで背筋が冷える。

「そうか。……なら、いい」

長い指がすっと離れていく。安堵《あんど》の息を吐こうとした夏生の前で、柊はさっきまで顎に触れていた指先を舐め上げた。形の良い唇から覗く舌のなまめかしさにぞくぞくしていると、ほら、と肩を叩かれる。

「冷める前に食べてくれ。こっちには電子レンジが無いから、温め直すのが大変なんだ」

「あ、……うん。いただきます」

夏生は手を合わせ、箸を取った。見た目を裏切らない美味しさの出汁巻き卵を咀嚼《そしやく》しながら、隣の柊をそっと横目で窺う。

胡坐をかいていてもぴんと伸びた背筋に、浴衣の上からでもわかる鍛えられた肉体。その股間に、夏生の目は吸い寄せられた。今は大人しいが、そこは昨日熱くたぎり、夏生に押し当てられていたのだ。

夏生が早々に眠ってしまった後、柊は治まりのつかないそこをどうしたのだろう。一人で慰めたのだろうか。夏生と同じ屋根の下で、…夏生を思いながら…？

「……よな、夏生。…夏生？」

「えっ、…な、何っ？」

ずいと顔を寄せられ、夏生は茶碗を取り落としそうになった。ずっと話しかけられていたのに、まるで耳に入っていなかったようだ。

「この後は風呂に入るよな、って聞いたんだよ。…大丈夫か？　まだ疲れが取れないのなら、食べ終わったらもうひと眠りするか？」

「う、ううん、大丈夫。出汁巻きが美味しいから、味わってただけ」

まさかお前の股間に注目していたとは言えずにごまかすと、柊は夏生の頭をぽんぽんと叩き、自分の出汁巻き卵を夏生の皿に載せてくれる。

「昔から好きだったもんな。昨日は夕飯も食べずに寝ちまったんだから、たくさん食べろよ」

「でも、それじゃあ柊の分が」

「俺は作ってる間につまんだから大丈夫だ。…お前が食べてるところ、見ていたいんだよ」

懐かしそうに、そしてどこか切なそうに微笑む柊は、ずっと一人ぼっちの食事を強いられてきたに違いない。和夫の家で暮らしていた頃は和夫一家と食卓を囲んだのだろうが、どんなに仲良くなっても彼らは家族ではない…異界の人間なのだ。

「…美味しい。すごく美味しいよ」

夏生はもらった分まで出汁巻き卵を平らげ、味噌汁を飲んだ。

丁寧に出汁を取ったそれは時たま自分で作るものの何倍も美味しい。味噌もいいのだろう。夏生好みの赤味噌だ。

「そんなに喜んでもらえると、作り甲斐《がい》があるな」

美味しい美味しいと言いながら食べていると、柊は笑いながら台所に立ち、味噌汁とご飯のお代わりを注いでくれる。

その時ちらりと見えた台所にはガスコンロがあり、炊飯器もあった。造り付けの棚にあるのはずいぶんと大型だが、形からして電気ポットだろう。だが食事をしている座敷には、元の世界ならたいていの家庭にはあるはずのテレビが無い。

……どういう基準なんだろう？

この世界は文明的には元の世界の六、七十年前だと柊は言っていた。テレビなら、そのくらい前にもあったはずだ。単に柊が持っていないだけなのだろうか。

それに、家電が動くのならこの世界にも電気が存在するということになる。集落には木製の電柱に電線もつなげられていたが、どうやって発電しているのだろう。コンビニすら無い村のどこかに、発電所がある……？

「うーん…」

「何だ、どうした？」

戻ってきた柊が、ご飯山盛りの茶碗と汁椀を置いてくれた。ありがたく頂きながら疑問をぶつけてみると、意外すぎる答えが返される。

「電気なら、おだまき様が供給して下さっているんだ」

「……は？　おだまき様が？」

「電気だけじゃない。衣服や細々とした道具なんかの生活必需品や農具、家の建具に至るまで、小田牧村で作り出せないものは全ておだまき様のお恵みによってまかなわれている」

おだまき様とは確か不変を司る神だと聞いたが、電気やら生活必需品まで供給してくれるなんて、いったいどういう神様なんだろうか。そもそも『不変』という言葉が何を指しているかもよくわからない。

からからと回る苧環が思い浮かんだ。何度回ってもなくならない糸。くり返される糸巻き…。

「おだまき様が発電したり、服や道具を作ったりして、村の人たちに配り歩いてるってこと?」

一瞬、大きな袋を担いだサンタクロースのような神様が頭をよぎる。

夏生が何を考えたのか悟ったのだろう。柊はくっくっと笑い、湯呑みの茶を飲み干す。

「違う、違う。おだまき様は姿の無い神だ。……いや、この村自体がおだまき様そのもの、と言うべきかもしれない」

「……どういうことか、わけわかんないんだけど」

「そうだろうな。いい機会だから、村の案内をしがてら説明してやるよ。実際に確かめた方が、お前も納得出来るだろうし」

朝食後、風呂に入ってさっぱりした夏生は柊に促されるがまま外に出た。

Tシャツの下にはエメラルドのペンダントが揺れている。入浴前に借りっぱなしだったことを思い出し、平謝りしながら返そうとしたのだが、柊は受け取ってくれなかったのだ。

『しばらく貸しておく。お守りが必要なのはお前の方だろうから』

『でも、これはお前の大切な…』

『俺にはもう、お守りなんて必要無い。……お前が来てくれたからな』

囁きと共に握られた手の熱さを思い出し、夏生は並んで歩く柊を見上げた。こっそり窺ったつもりがこちらを見ていた柊と目が合ってしまい、慌てて顔をそむける。

……何で、こんなふうになっちゃってるんだよ……。

柊とは妹よりも長い時間を共に過ごしてきた仲だ。一緒に風呂に入ったことも、同じ布団で眠ったことも数えきれない。隣に居るのが当たり前だった存在と、今さら目が合っただけで頬を染めてしまうなんて。

「――柊兄様！」

民家の建ち並ぶ区域を抜け、田んぼのあぜ道を歩いていると、反対側から現れた悦子が軽やかに駆け寄ってきた。昨日とは違う開襟シャツに紺のプリーツスカートは、学校の制服だろうか。

少し遅れて追いかけてきた和夫が、姉の背後で拝むような仕草をしてみせる。止められなくてごめん、と言いたいらしい。

「柊兄様、おはようございます。もう朝食はお済みになりまして？　もしまだでしたら、うちに寄っていかれませんか？」

柊だけに向けられた輝くばかりの笑顔に、夏生はぞっとした。柊と夏生がキスしているところを目撃し、射殺さんばかりに睨んでいたのはつい昨日のことなのに、何も無かったように振る舞えるその神経の太さが恐ろしい。

「おはよう、悦子。朝食はちゃんと食べたよ。これから教室だろう？　早く行かなければ、遅刻してしまうよ」

「教室なんて、私、もういつでも辞めていい歳ですもの。柊兄様さえうんとおっしゃって下されば、今すぐにでも」

「それは出来ないと、何度も言っただろう？」

「どうして？　この村に、私より兄様にふさわしい人間なんて居ないはずだわ。……その新参者のせいなの？」

嫉妬に燃える眼差しが夏生を貫く。

思わず柊の背に隠れると、悦子は眉を吊り上げた。その手が振り上げられる前に、和夫が腕をばたつかせながら割り込む。

「姉ちゃん、たんまたんま！　今日は日直だろ。遅れたら京子《きようこ》先生に怒られちゃうよ」

「和夫、あんたっ……」

「それに新しい流れ人のお世話は、村長代理の柊兄ちゃんの役割だよ。邪魔したら、いくら姉ちゃんでも村長に許してもらえないいんじゃないの？」

ぴくり、と悦子の頬がかすかに引きつった。村長は悦子にすら恐れられているようだ。あの異様な風体のせいだろうか。

「……今日はこれで失礼しますけど、柊兄様。私、絶対に諦めませんから」

「待て、悦子」

去ろうとする悦子を呼びとめる柊の声は、夏生でもぞくりとするくらい低かった。

「言っておく。…ここに居る夏生は、俺の命よりも大切な存在だ」

「…柊、兄様？」

「もし手出しをすれば、お前であろうと絶対に容赦はしない。――いいな」

「そ、…そんな、……嘘でしょう？　嘘とおっしゃって、兄様！」

美しい顔を悲痛にゆがめた悦子に哀願されても、柊は一言も発さない。本気を突き付けられた悦子はきっと夏生を睨み、田んぼの脇から延びる緩やかな坂道を足早に上っていく。

「ごめん、夏兄ちゃん。後で父ちゃんに言って、姉ちゃんのこと叱っておいてもらうから！」

ぱんっ、と掌を打ち鳴らし、和夫もまた悦子の後を追いかけていった。呆然とする夏生の手を、柊はいたわしげに握り込む。

「ごめん、夏生。嫌な思いをさせた」

「…いや…、その、…良かったのか？　まだ中学生くらいの子に、あんなきつい言い方…」

「悦子を元の世界の中学生と同じだと思わない方がいい。…あの子は、良くも悪くも女なんだ」

そうは言われても、夏生の目に映る悦子は十五歳の女の子だ。柊に恋い焦がれるあまり暴走しがちだが、妹よりも幼い少女に何が出来るというのか。

夏生はこれでも男だ。悦子が何かたくらんだところで、どうにも出来ないだろうに。

「甘いな、お前は」

はあ、と柊は嘆息した。

「悦子を嫁に欲しがっている男は山ほど居る。悦子がお前をどうにかして欲しいと頼んだら、そいつらは喜んで願いを叶えるだろう」

「え、……そんな、何かのドラマみたいなこと……」

「しかねないんだよ、あの子なら」

もともと小田牧村では若い女性が貴重な上、あの美貌だ。悦子は両親に蝶《ちょう》よ花よと育てられ、多少生意気な言動をしても咎めなかったし、周囲もおおいに甘やかした。その結果、自分に焦がれる男たちを扇動《せんどう》し、気に入らない人間に嫌がらせをさせるような少女に成長してしまったのだ。

「何せこっちは悪さをしようと児童相談所も警察も刑法も無いから、歯止めがかからないんだ。周囲がなあなあで済ませばそれで終わってしまう。和夫は親父さんに叱ってもらうと言ってたが、効き目は無いだろう。悦子に一番甘いのは父親だからな」

「…それでも、村長のことは怖いみたいだったけど」

「あまりに悪さがすぎれば、いくら貴重な若い女でも裁判にかけられることになる。裁判といっても元の世界みたいに公平なものじゃないぞ。裁判官役も検察官役も村長が兼ね、弁護士なんて居ない。実質、村長が独断で裁きを下すんだ」

一応、裁判には当事者の親族や関係者も招集されるそうだが、村長が彼らの言い分を聞き入れる義務は無い。たとえ客観的に見て被告の無罪が明らかでも、村長が有罪と宣告すれば罪人として断罪されてしまうという。

「怖っ…、それで誰も文句は言わないのか？」

「言わない…いや、言えない。村長はおだまき様の祭司だ。つまり、村長の判断はおだまき様の判断。神意に逆らえば、この村では生きていけない。不満があっても呑み込むしかない」

田んぼを吹き抜ける湿った風が、汗ばんだ肌に纏わり付く。

「神、意…？　何だよそれ、村長の言うことに反対したら、おだまき様が天罰でも下すってわけか？」

「まあ、見ればわかる。……行くぞ」

握られたままの手を引かれ、夏生は歩き出した。

今日も田畑では村人たちが農作業に精を出しているが、昨日のようにじろじろと不躾《ぶしつけ》に凝視されたりはしない。昨日の村長との対面で、夏生も余所者の流れ人から同じ村人として認められた、ということなのだろう。

……つまり俺も、何かやらかせば村長に裁かれるってことだよな。

両目と口を縫い付けた異様な仮面と、がんじがらめにされた祭壇。そこに飾られていた紫の花が思い浮かび、ぞわぞわと肌が粟立つ。

「…夏生、どうした？」

震えが伝わったのか、柊が指を絡めてくる。心配させたくなくて、夏生は首を振った。

「あ、いや、おじいさんやおばあさんがお前に手を合わせてるから、どうしたんだろうって思ってたんだ」

「俺が村長代理だからだろう。年寄りは特に信心深い」

「そういえばさっき、和夫くんも言ってたな。でも、代理って…？」

「村長はかなりの高齢だが、妻子を早くに亡くして後継者が居ない。最近は足腰も弱ってきた。だから俺が代理として、村の見回りとか細々とした事務作業とかを受け持ってるんだ」

ということは、まさか柊が次の村長になるのだろうか。あの仮面をかぶった柊を想像してしまい、震え上がると、柊は軽やかに笑う。

「心配しなくても、ただの代理だよ。次の村長には村長の遠縁の誰かがなるはずだ」

「だったら、その遠縁の人が代理もやればいいのに」

「村長は人付き合いが嫌いだし、めったに寄り付かない遠縁より俺の方が便利に使いやすいんだろ。俺は後見してもらう都合上、たまに村長の邸に呼ばれてたから」

村長のくせに人嫌いでいいのかと突っ込みたくなるが、社交的な村長というのもちょっと想像しづらい。

――改めて、柊はすごいと思った。夏生はあの村長とまともな会話を成立させる自信すら持てないのに、代理を任されるだけの信頼関係を築けているのだから。…もっともそれは、柊が幼くして村に迷い込んだせいもあるのだろうが…。

手を引かれて歩く間、村について色々な話を聞いた。

村には小さな学校があり、六歳から十五歳までの子どもたちが学んでいるそうだ。柊もかつては通っていた。小学校、中学校のような区別は無く、それぞれ学力に合わせて教師役の村人が読み書きや計算などを教えているという。

元の世界の高校、大学に相当する施設は無い。村人は男なら大半が農業に従事し、女は遅くても十六歳までには結婚して家庭に入るので、高度な教育は無用なのだ。悦子と和夫の姉弟も学校に通っているそうだが、いずれはそうなるのだろう。夏生のように十八歳にもなって学生という人間は、小田牧村には存在しないのだ。

……俺も、畑仕事とか手伝った方がいいのか？

滲み出た焦りを、夏生は慌てて呑み込んだ。自分はまだ、柊と共に元の世界へ戻ることを諦めたわけではない。柊はあらゆる手段を試したと言っていたが、夏生なら他の手段を思い付けるかもしれないではないか。

絶対に、柊を元の世界へ連れ帰らなければならない。たとえ柊自身が望んでいないとしても。だって柊は、……柊がこんな異様な世界に迷い込んでしまったのは、夏生のせいなのだから……。

「こっちだ、夏生」

やがて村長の邸にたどり着くと、柊は邸内ではなく、邸を囲む庭園へと導いた。いや、土が剝き出しの細い道が延びる以外はろくに手入れもされていないから、森と呼ぶべきか。夏の強い日差しすらさえぎる木々は、日無山を彷彿《ほうふつ》とさせる。

「…なあ、どこに行くつもりなんだ？」

五分ほど歩いた頃、夏生は斜め前を歩く柊に問いかけた。こちらの世界も真夏だが、元の世界よりはだいぶしのぎやすい。暑くても日陰に入ればやり過ごせる。

そういえば柊の家には扇風機しか無かったのに、昨夜はぐっすりと眠れた。都内のアパートでは、この季節、エアコンを点けなければ寝苦しくてたまらないのだけれど。

「この奥にある、お恵み沼だよ」

「お恵み沼……？」

「見ればわかる」

森に入ってからというもの、柊の口数は明らかに少なくなっていた。十年前とは比べ物にならないほど成長した逞しい背中には、さっきまでは無かった緊張が漂っている。

見ればわかる。さっきも柊はそう言った。おだまき様の神意に逆らうことの意味が、見ればわかるのだと。

仕方無しに踏み出した足先が硬いものに触れた。視線を落とし、夏生はひくりと喉を震わせる。

小石を踏んだ足に、ひたひたと白い霧が這い寄ってきていたのだ。

「柊……っ！」

呼びかけた背中も、うっすらと霧に包まれていた。あたり一面に立ち込める霧。乳白色に染まっていく視界を、夏生は知っている。十年前もそうだった。こうして霧にまかれ、柊は…。

「……着いたぞ」

振り返る柊の顔が、つかの間、十年前のそれに重なった。思わず駆け寄ろうとして、夏生は息を呑む。

——闇が、柊の背後でのたうっていた。巨大な生物のようにうねり、震え、何かを生み出そうとでもするかのように。

……十年前と、同じ……！

「…行くな、柊…っ…！」

ぶつかるようにしがみ付いても、筋肉に覆われた背中はびくともしなかった。ぎゅうっと腹に回した手を、柊はなだめるように撫でてくれる。どうしてそんなに落ち着いていられるのだろう。柊が夏生の目の前から消えた時も、日無山のあの沼は闇に染まっていたのに。

「ちょうど良かったな」

何がと問う前に、柊は闇の中心を指差した。その身体の背後から恐る恐る顔を覗かせれば、ぼこぼこと闇の水面が泡立つ。

…ぼこんっ！

弾ける水音と共に、何かが吐き出された。さざ波に乗り、岸辺まで打ち寄せられたのは——。

「…茶、碗？」

柊の家で使われていたのとよく似た、レトロな菊の絵が描かれた茶碗が数個、重なった状態で転がっていた。

何でこんなものがといぶかしんでいる間にも、泡立つ闇は次々と吐き出していく。何膳もの箸や皿、湯呑み、歯ブラシに歯磨き粉などから、下着や衣類、肉や缶詰めなどの食料品、タバコ、ちょっとした家電製品にいたるまで。どれも人間の生活には欠かせないものばかりだ。

「あっ……」

新たにカレールウの箱が打ち寄せられ、夏生は思わず身を乗り出した。鮮やかな赤とオレンジが特徴的なそのパッケージは、実家で使われているのと同じだったのだ。隅に描かれた猫のマスコットキャラもそっくりである。

……いや、そっくりっていうか……同じ？

注意して見れば、他にもいくつか馴染んだデザインが交じっていた。チューブの歯磨き粉は元の世界の有名メーカーのものだし、タバコは父親がたまに吸っているのと同じ…に見える。だが、何となく違和感がある。

夏生が凝視しているのに気付いたのか、柊が長い腕を伸ばしてタバコの箱を拾ってくれた。受け取った小さな箱をまじまじと観察し、夏生は違和感の正体に気付く。父親のタバコにはパッケージの右上にデフォルメされた王冠が描かれていたが、手の中のそれに描かれているのは三日月だ。他は銘柄もカラーも同じなだけに、いっそう奇妙に感じられる。

…ぼこ…っ、ぼこん…。

ひときわ大きな泡を吐き終え、闇はぶるりと身震いした。

広がる波紋と共に、姿を変えていく。近寄るのすらためらわれるよどんだ暗黒から、緑がかった青い水面へと。目の前に広がるのは、少し濁ってはいるが、豊かな水をたたえた沼だ。さっきまでの不穏な空気は、もう感じられない。

その代わり、対岸には濃厚な霧が揺らめきながら壁のようにそびえていた。建物の二階くらいの高さの壁は、見渡す限りどこまでも続いている。

「…これが、おだまき様のお恵みだ」

闇から吐き出され、こんもりと岸に積み上げられた物資の山を、柊はしゃくってみせた。神様の恵みと呼ぶにはずいぶんと俗っぽいそれらは、沼から吐き出されたにもかかわらず、触ってみるとまったく濡れていない。

「それぞれの家庭で足りない物資を書いた紙を沼に沈めておくと、毎日こうしておだまき様が恵んで下さる。そのお恵みを村人たちに公平に配分するのも、村長の役目だ」

「…何だそれ、神様のくせにネットスーパーかよ…」

ははっと乾いた笑いを漏らしつつも、背筋が勝手に震えてしまう。…わかってしまったから。神意に逆らう者は生きていけないと、柊が断言した理由が。

山積みにされた物資は、工場など無いこの村では製造不可能なものばかりだ。だが、無ければまともな生活は営めない。よそから物資を運んでくることも出来ないのなら、おだまき様の恵みに…神意に従うしかない。

村長が権力者として君臨出来るわけだ。公平に分配するといっても、村長だって人間である。

恣意《しい》が全く入らない、なんてことは無いだろう。お気に入りの村人には良いものを多めに、そうでない者には少なめに、気に入らない者にはゼロ、なんてこともありうる。

だから村人たちはおだまき様の祭司たる村長に服従せざるを得ず、おだまき様への信仰は強固になっていく。

悦子が引き下がったわけだ。村長代理の柊を怒らせれば、自分のみならず家族まで巻き込んで飢《う》えることになってしまう。神様にしてはいやらしい、…それだけに効果絶大な遣《や》り口である。

「…でも、何のために？」

疑問が口をついた。

「おだまき様は何のために、村人たちにこんなことをしてくれるんだ？」

どうやっているのかは知らないが、毎日これだけの物資を提供し続けるのは、神様といえどかなりの手間だろう。村人は何の対価も支払えないのに。まさかただ崇められ、信仰されたいだけだとでもいうのか？

柊はゆったりと腕を組んだ。風も無いのに、浴衣の袖がひらめく。

「不変を、保つため」

「不変……？」

胸がざわめいた。かつて柊は言ったはずだ。

――おだまき様はこの世界そのもの。不変を司る神。

「おだまき様はこの村を…自分を今の状態のまま、衰退も発展もさせず保ち続けたいんだろう。だから村の構成要素である人間たちを進化させないよう、必要なものを与えている」

「っ…、それは…」

怖い、と思った。

もっと便利で快適な暮らしをしたいからこそ、人間は文明を発展させる。だが最初から満たされていれば、他の暮らしを知らなければ、進んで発展のための努力をしようとは思わないだろう。

だからこの村は、元の世界より数十年遅れた程度の文明を保ち続けている。車やトラクターなどが存在しないのは、このレベルの文明を保つには不要とおだまき様が判断したからなのだろう。

もちろんここで生まれ育った村人は、車両の存在すら知らないに違いない。

「じゃあこの物資も、おだまき様が作り出してるってことか？」

「村人たちはそう信じているが…俺は違うと思う」

柊は腕を解き、小さなキャラメルの箱を拾い上げた。キャメルの地に品名を白抜きしたパッケージは、元の世界の人間なら誰もが一度は食べたことがあるだろう有名メーカーのロングセラー商品だ。柊もこちらに迷い込む前、食べているはずである。

「たぶんこれは、俺たちが居た世界から引き寄せられてきたんだ。おだまき様と呼ばれる存在によって」

「…何で、そう思うんだ？　おだまき様が元の世界の物品を丸パクリして、作ってるのかもしれないだろ？」

「そう考える方が自然だからだ。…俺もお前も、元の世界からこの沼に流れ着いた。生きた人間を呼び寄せられるのなら、命の無いものを集めるくらい簡単じゃないか？」

「っ…、じゃあ、ここが…⁉」

瞠目《どうもく》する夏生に、柊は頷いてみせる。

「そうだ。俺はこの沼に流れ着き、村長に拾われた。そして昨日、お前もまたここに現れた。ちょうど俺が村長に代わってお恵みを受け取りに来た時にな」

元の世界なら観光名所にもなりそうな青い沼が底無しの落とし穴のように感じられ、夏生は無意識に後ずさった。

……日無山は、本当に異界への入り口だったのか？　俺は柊と同じ入り口を通り、違う世界に迷い込んでしまった？

もう帰れないのか。ここで暮らしていくしかないのか。浮かびかけた諦念《ていねん》をぶんぶんと頭を振りながら追い払っていると、柊はどこか憐《あわ》れむように尋ねる。

「まだ信じられないか？　ここはお前が生まれ育った世界じゃない。…二度と抜け出せない、異界なんだって」

「…そんなの…、当たり前じゃないか。だって…」

ここが異界だと認めてしまったら、十年の間ずっと抱き続けてきた願望を…柊を連れ帰ることを、諦めなくてはならなくなる。

柊は生きていてくれたのに。夏生との再会を、喜んでくれたのに…！

「……なら、来い」

柊は夏生の腕をぐいと掴み、歩き出した。何度も足がもつれそうになりながら沼を回り込むうちに、その奥にそびえる霧の壁にたどり着く。陽炎《かげろう》のように揺らめく向こう側には、さっき通り抜けてきたのと同じ森が広がっている。

「通り抜けてみろ」

「え……」

「そうすればわかる。この村からは出られないと、俺が言った意味が」

とん、と前に突き出された。

わかるも何も、通り抜けたら反対側の森に出るだけだろうに。戸惑いつつも従い、夏生は愕然と立ち尽くした。目の前に現れたのは森ではなく、無表情に待ち受ける柊だったのだ。その背後には、波紋一つ立たない沼。

「…な、…何で？」

何度もしばたたきながらきびすを返し、もう一度霧の壁を通り抜ける。今度は弾みをつけ、勢いよく。その次はゆっくりと。三度目は走りながら。

…でも、結果は同じだ。何度試しても、うっすら見える向こう側の森に通り抜けられない。柊の待つこちら側へ戻ってきてしまう。

――不変。

その言葉の意味が、じわじわと頭の中に染み込んでいく。

「わかっただろう？」

何度も繰り返し、息切れしてきた頃、無言で見守っていた柊はようやく口を開いた。

「この霧は村全体を囲んでいる。もしかしたら外には別の世界が広がっているのかもしれないが、この霧の壁がある限り、俺たちは小田牧村からは出られない」

「…そ…、んな…」

往生際悪くゆるゆると首を振る夏生に、柊は苛立ったりしなかった。柊もまた同じ経験をしたからだったのかもしれない。

柊は夏生の手を引き、村のあちこちを歩き回った。そう広くはない村にはある程度進めば必ず霧の壁が出現し、通り抜けても元の場所に戻されてしまう。

その現象に驚いているのは夏生だけだ。幼い子どもたちすら、村人たちはごく自然に霧の壁の存在を受け容れている。時折、ありがたそうに壁を拝む老人たちに出くわすほどだ。彼らにとって霧は恐ろしいものではなく、おだまき様の加護の象徴なのだろう。

「……大丈夫か？」

くたくたに疲れきった夏生を、柊は村長の邸に連れて来た。柊の家より、こちらの方が近かったのだ。

こんな時にあの村長と出くわしたら精神力がごっそり削られてしまいそうで嫌だったが、村長は普段は奥の寝室で休んでおり、めったに出て来ないと聞いて安心した。昨日は流れ人との対面という重要な儀式のため、無理をして出て来たのだろう。

「うん…、…何とか」

広い居間に座り込み、冷たい麦茶を飲ませてもらうと、ほんの少しだけ疲れが癒《いや》された。オレンジ色の花が描かれたグラスをじっと眺める。これもきっと、お恵み沼から流れ着いたものなのだろう。柊の家にあった家電や朝食の食材にも、おだまき様の恵みは交じっていたはずだ。

……俺はとっくに、おだまき様に取り込まれてたってことか。

もう、認めないわけにはいかなかった。…ここは異界。迷い込んでしまったら二度と出られず、永遠に同じ暮らしをくり返す不変の世界なのだ。

「…どうして、おだまき様はこんな世界を望むんだろう？　同じことをくり返したって、何の意味も無いのに」

ぽつりと呟けば、柊は肩をすくめた。

「さあな。俺も何度も考えたが、わからずじまいだ。…あるいは、人間の考えなんて及ばないからこそ神と呼ばれるのかもしれない」

「……」

膝の上を力無く滑った手が、硬いものに触れた。そういえばさっき柊に引っ張られていった時、持ったままだったタバコの箱をポケットに放り込んでおいたのだ。

何となく取り出してテーブルに置くと、柊は懐かしそうに目を細める。

「おじさんが吸ってたやつだな」

「いや、何かちょっと違ってて…」

柊は幼かったから正確に覚えていないのだろうか。三日月のマークを指差すと、ああ、と成長した幼馴染みは頷いた。

「だったら、俺たちが存在していたのと近い世界から引き寄せられたんだろう」

「…近い、世界？　元の世界とここ以外に、まだ別の世界があるとでも？」

これ以上異界なんてものがあってたまるか、と夏生はつい身構える。

元の世界とは別に、おだまき様に支配されたこの小田牧村が存在する。その事実を受け容れるだけでも、やっとだというのに。

「もちろんあるさ」

柊はこともなげに断言し、部屋の隅に置かれていた碁盤と碁笥《ごけ》を夏生の前に引き寄せた。まるで想像出来ないが、村長は囲碁をたしなむようだ。こういった娯楽用の品も、おだまき様は恵んでくれるのだろうか。

「正確には並行世界ってやつだけどな。パラレルワールドともいうけど、聞いたことは無いか？」

「…漫画で読んだことがあるような…」

一度目の人生で事故死した主人公が不思議な力で事故の前に巻き戻され、今度は事故を避ける行動を取って生き延びるストーリーだった。事故を避けてハッピーエンドにたどり着いた世界は、確か事故死してしまった最初の世界のパラレルワールドだと説明されていたはずだ。

「そうだな。だけど主人公が事故死せず生き延びたからといって、主人公が事故死してしまった一度目の世界が無かったことになるわけじゃない。一度目の世界は一度目の世界のまま、二度目の世界と並行して続いていく」

柊は碁笥から黒の碁石を一つつまみ取り、ぱちん、と碁盤の中心に置いた。

「ここがスタート地点、つまり主人公が事故に遭《あ》う前だ。さて、主人公は事故に遭って死亡する。だがその後何らかの力でスタート地点に戻され、事故を回避する。そうするとこの時点で、世界は二つのパターンに分かれる」

柊は黒の碁石を二つスタート地点の斜め右上に置き、次に白の碁石を一つ、スタート地点の斜め右下に置く。

「黒二つの世界は主人公が死亡した世界だ。つまり主人公という存在が消えた影響を引きずったまま続いていく。一方、白一つの世界は主人公が事故から生き延びた世界だ。この二つの世界は今後お互いに干渉せず、別々の世界として存続する…というのが並行世界の簡単な考え方だ。ここまではわかるか？」

「…な、何とか」

「そうか。なら次だ」

柊は黒の碁石を三つ取り出し、黒二つの斜め右上に置いた。スタート地点から数えると、斜め右上のラインは黒の碁石が一つ、二つ、三つと並んでいる。

「黒二つの世界には、成長すればゴッドハンドと謳《うた》われる医師になる人物…Xが居たとする。Xもまた若いうちに事故死してしまうが、主人公が生きてさえいれば事故の瞬間に居合わせ、助けることが出来る。もちろんこの場合、助けられるのは主人公だけだ。さて、黒二つの世界において、Xはどうなる？」

「どうなるって…助けられる主人公はもう死んでるんだから、事故で死んじゃうんじゃないか？」

「ああ、そうなるな。つまり次の黒三つの世界は、主人公の死とXの死、二つの影響を引きずった世界になるというわけだ。黒三つの世界がどんな未来をたどるか、想像出来るか？」

夏生はじっと碁盤を見詰め、考え込んだ。黒三つの世界では主人公が死んでいたせいで、偉大な医者になるはずだったXも死んでしまった。つまり、その後は…。

「…ゴッドハンドのXに助けられるはずだった患者が、助からなくなってしまう…？」

そうだ、と柊は微笑み、黒三つの斜め右上に四つの黒い碁石を置いた。

「さて、次の黒四つの世界は主人公とX、及びXに助けられなかった患者たちの死の影響を引きずった世界だ。Xほどではないにせよ、患者たちもその生死によって世界の情勢を左右するだけの影響力を有しているから、そのまた次の黒五つの世界はさらに大きな影響を受けることになる」

何となく要領が摑めてきた。

夏生は頭を上下に揺らしながら、白の碁石を二つ、白一つの斜め右下に置く。

「…逆に主人公が生き延びた白一つの世界では、Xは助かる。次の白二つの世界では、Xによって多くの患者が救われる。そのまた次の白三つの世界は、主人公とXと助かった患者たち、全員が生存している影響を引きずることになる」

「別のパターンもあるぞ」

柊は白の碁石と黒の碁石を一つずつ、白一つの斜め右上に置いた。白一つを起点に、白二つと白黒一つずつが枝分かれした状態だ。

「主人公は事故から生き延びたが、Xを救えなかった場合だ。この白黒一つずつの世界ラインは、主人公の生存とXの死亡の影響を受けながら続いていくことになる」

「…あ、なら主人公とX両方が生き延びた白二つの世界だって、白三つの世界にだけ発展するわけじゃないよな。Xが患者を助けられず、主人公とXは生きてるけど患者たちは死亡、ってパターンもありうる」

夏生はぽんと手を打ち、白の碁石二つと黒の碁石一つを白二つの一目横に置いた。

念のため数えてみれば、今の時点でも九つの並行世界が存在している。それぞれの世界はまた条件によって細かく分岐するのだから、無限に増えていくと言っても過言ではないだろう。

「俺たちの世界も同じ、無限に枝分かれした世界の一つに過ぎないとしたら、このタバコのパッケージの違いにも説明がつく。当たり前だが、パッケージをデザインしたのはタバコ会社から依頼を受けたデザイナーだ。俺たちの世界のデザイナーは王冠を描いた。だがもう一つの並行世界のデザイナーは三日月を描いた。それは…」

「…並行世界のデザイナーは、元の世界のデザイナーとは別の世界線で生きてきたから…」

柊の説明を引き継ぐと、正解、とばかりに頭を撫でられた。

「同じ人間でも、育った環境によって感性は違ってくる。このタバコは俺たちの世界と比較的近い分岐の世界から、おだまき様によって引き寄せられてきたんだろう」

「元の世界だけじゃなく、そこに近い世界のあちこちから物資を引き寄せてるってことか。…何で、一つの世界だけじゃ駄目だったんだろう」

「一つの村を維持出来るだけの物資を常に同じところから引き寄せていたら、さすがにその世界の人間に怪しまれるからじゃないか？」

「…神様なら、そんなこと気にしなくても良さそうだけどな」

妙なところで人間くさい神様だ。考えれば考えるほど、わけがわからなくなる。まるでぬかるみに足を取られ、もがいているような…。

「心配するな」

碁盤をよけ、柊は膝を詰めてきた。熱を帯びた緑の瞳には、心細そうな顔をした夏生が映っている。

「お前には俺が居る。ここは暮らしやすいとは言えない世界だが、お前がなるべく不自由を感じないよう、俺の全てをかけて守るから」

「…、柊…」

「だから俺の傍に居てくれ。…俺には、お前だけなんだ…」

覆いかぶさるように抱き締めてくる腕を、夏生は拒めなかった。幼馴染みとして求められているのではないと、知っていながら。

……だって柊がこんな世界で一人ぼっちになったのは、俺のせいなんだ。それに……。

大人しく腕の中に収まった夏生の項に、柊は高い鼻先を埋める。背中を熱い掌で何度も、存在を確かめるように撫でさすりながら。

……この腕は、何だかすごく気持ち良くて、安心出来る……。

柊に夏生しか居ないのなら、夏生にだって柊しか居ないのだ。

同じ世界で同じ時を過ごした人間は、この世界には柊だけなのだから。


「——柊さん、柊さん」

襖越しに声がかけられたのは、分厚い胸にもたれかかり、うとうとと眠り込みそうになった時だった。離れようとする夏生を腕の中にとどめたまま、柊は上体を起こす。

「ここです。どうぞ」

「失礼します」

すっと襖を開けて入って来たのは、生真面目そうな壮年の男性だった。廊下に控えた少年は男性に面差しがよく似ているから、息子だろうか。こちらを凝視し、夏生と目が合ったとたん、ふいっと顔を逸らしてしまう。

「しゅ、柊……っ！」

村長代理と新参者の流れ人が男同士で抱き合っていたら、それは驚くだろう。夏生は急いで柊の胸を押し返そうとしたが、柊は気にするなとばかりに背中を撫でるだけだ。抱き締める腕に力を込められたら、とうてい抜け出せない。

「お疲れ様です、粕谷《かすや》さん。今日はどうされました？」

「すまねえな、柊さん。そろそろお恵みが届く頃かと思って、さっきお邪魔したら誰も居らんかったもんだから」

男性――粕谷は年の功か、ちらちらと夏生を気にしつつも言及はせず、小さく頭を下げた。ぎくりと夏生は頰を強張らせる。粕谷が柊と入れ違いになったのは、夏生が柊を村のあちこちへ連れ回していたせいだ。

「あの、すみませんでした…！　俺が村を、その、案内してもらってたせいで……」

腕の中からどうにか頭を下げれば、いやいや、と粕谷はよく日に焼けた手を振った。

「とんでもねえ！　村長代理の柊さんが新しい流れ人のお世話をするのは、当たり前のことなんで。なあ清《きよし》？」

「…そうだな、親父」

不愛想に頷く少年は、やはり粕谷の息子だったようだ。幼さの残る顔立ちは元の世界なら高校生くらいだが、小田牧村ではとうに学校を出て、農業に従事している年頃である。カーキのつなぎを身に着けた身体は、夏生よりもはるかに逞しい。

「…ったく、お前って奴は本当に愛想がねえ。だから澤田んとこの娘もなびかねえんだぞ」

一通り息子に悪態をつき、粕谷は頭を掻きながら夏生に笑顔を向けた。

「ま、気にしないで下せえ。おかげで噂《うわさ》のお人にこうやって会えたんだから、俺としちゃあむしろありがてえくらいでさ」

「…俺、噂になってるんですか？」

「若い流れ人ってだけでも珍しいのに、柊さんのお友達とくりゃあ噂にならないわけがねえ。…どうだい、櫛原さん。貰い手の無い姪っ子が居るんだ。ご面相は澤田んとこの娘っ子の足元にも及ばねえが、気立ては優しいしよく働く娘でね。一度会ってみちゃあ…」

「……粕谷さん」

柊がそっと夏生から離れ、居住まいを正した。油を塗ったように調子よく回っていた粕谷の口が、ぎくりと止まる。

「な、何ですかい、柊さん」

「ご厚意はありがたいのですが、夏生はまだこちらに流れてきて間も無い。村に馴染むのに精いっぱいの有り様です。しばらくは温かく見守って下さいませんか」

「…だが…」

背後の息子を振り返ろうとして、粕谷はつうっと細められた緑の双眸にからめとられる。

「見守っていて下さい。——いいですね？」

「は、ははっ、はい！　……おい清、帰るぞ！」

粕谷は跳び上がり、ぽかんとする息子の首根っこを引っ摑むと、尻に火が点いたような勢いで退出していった。お恵みを取りに来たんじゃなかったのか、と止める間も無い。『何でだよ、親父っ！』と喚《わめ》く清の声が、どんどん遠くなっていく。

「おい、柊……あんな言い方して、大丈夫なのか？」

いきなり女性を紹介されそうになったのには面食らったが、あそこまで怖がらせなくても良かったのではないだろうか。

村長代理といっても、柊は粕谷よりずっと若い。生粋の村人である粕谷に悪印象を持たれたら村長代理の仕事に影響が出てしまうかもしれないのに、柊は嫌そうに眉を顰《ひそ》める。

「あんな言い方でもしなければ、お前、明日には妻子持ちになってたぞ」

「……は？　妻子持ちって……」

「ちょっとでも気のある素振りをすれば、粕谷さんならすぐにでも相手を連れて来る。仲人が生き甲斐みたいな人だからな。この村では、紹介されて会うイコール結婚だ」

「え、…えええ…」

「粕谷さんの姪っ子といったらたぶん順子《じゅんこ》さんだが…あの人は最近旦那さんと死に別れ、子連れで実家に戻ってきてるんだ。確かお前より十歳は上のはずだぞ」

小田牧村では、女性が再婚せずシングルマザーを貫くことなど許されない。すぐにでも新しい夫に縁付き、産めるだけ子を産むことが求められるのだという。まともな医師も病院も無く、乳幼児の死亡率が元の世界よりはるかに高いせいだろう。

「だからって、俺を選ばなくても…」

「再婚が当たり前だといっても、どうしても若い独身女性から選ばれていくからな。順子さんの場合は相手も子持ちのやもめ、それもずっと年上になる可能性が高い。再婚先で苦労するよりは、何のしがらみも無い上に俺とのつながりもあるお前の方がいいと思ったんだろうが…」

　知らないうちに、自分はどうやら小田牧村婚活市場の優良物件になっていたようだ。でも全然嬉しくない。

　――ボォーン、ボォォォーン……。

　痛くなってきた頭を揉んでいると、壁にかけられた振り子時計がくぐもった音を鳴らした。元の世界なら博物館にでも置いてありそうな年代物だ。年代物といえばこの邸もだが、これほど立派なものをどうやって建てたのだろう。建材はおだまき様に恵んでもらうとしても、専門の大工でもない村人たちに一から普請《ふしん》出来たとは思えない。だとすれば。

　……最初からあった、とか？　いや、でもなあ……。

　この村はおだまき様によって同じ状態を保ち続けている。変わらない、終わらない世界の『始まり』がどこかなんて見当もつかない。そもそもそんなもの、存在するのかどうか。

「…もうこんな時間か。夏生、悪いがちょっとここで待っていてくれ」

「あ、……っ！」

　立ち上がり、出て行こうとした柊の浴衣の裾を、夏生はとっさに摑んだ。

「どうした？」

　振り返った柊が目を丸くするが、言葉に詰まってしまう。夏生だってわからないのだ。ただ柊が傍を離れることがとてつもなく心細く、……寂しかっただけ。

「おいで、夏生。一緒に行こう」

ふっと微笑み、柊は手を差し伸べた。夏生がおずおずと自分の手を重ねれば、優しく握り込み、力を入れて立たせてくれる。

「…いいのか？」

「いつかは連れて行こうと思っていたんだ。ちょうどいいさ」

そのまま手を引かれ、連れて行かれたのは邸の裏庭だった。お恵み沼周辺と違い、こちらはきちんと手入れされているのがわかる。小田牧村にも、庭師のような存在は居るのだろう。

百日紅《さるすべり》の大木の根元に、御影石《みかげいし》に囲まれた小さな花壇があった。そこに植えられているのは、釣り鐘のような形をした紫色の花々だ。愛らしいのに何故か不安をかき立てるその花には見覚えがある。

「これ、村長の部屋の祭壇にあった……」

「『神花《しんか》』というんだ。小田牧村が生まれた時、おだまき様が最初の村長に賜《たまわ》ったものだと伝えられている」

栽培を許されているのは村長だけであり、村長の家紋でもあるそうだ。だから祭壇にも飾られていたのだろう。

風に揺れる花に手を伸ばそうとしたとたん、鋭い警告が飛んできた。

「素手では絶対に触るなよ。神花には毒があるからな」

「ど、毒？」

「茎や葉の汁に毒の成分を含んでいるんだ。皮膚に付着したくらいならかぶれる程度で済むが、間違って口から摂取してしまった場合は胃を爛れさせ、量によっては心臓麻痺で死ぬこともある」

「何でそんな危ないものをわざわざ栽培してるんだよ……！」

たまらず手を引っ込めながら抗議すれば、柊は苦笑し、花壇の傍にあったじょうろを拾い上げた。近くの水道から水を汲み、神花にまんべんなくかけていく。

「使い道はあるからな。おだまき様の下され物として、村人の信仰の対象でもある。神花を絶やさず咲かせ続けるのも村長の役目だ。今は村長があんな状態だから、俺が代わりを務めているが」

神花は季節を問わずに咲き、真冬でも花開くそうだ。栽培にも特別な知識は要らず、こうして毎日決まった時間に水をやるだけでいい。だが不思議なことにこの村長の庭にしか根付かず、たとえ盗み出しよそに植えても腐ってしまうのだという。

「まあ、神花を盗もうなんて命知らずはそうそう居ないけどな」

「そりゃあそうだよな……うっかり心臓麻痺で死にかねな、……ああっ！」

頭の奥底に追いやられていた記憶がぱっとひらめき、夏生は目を見開いた。

…そうだ、どうして今まで忘れていたんだろう。日無山の沼に浮かんだ、十三年前に行方不明になった男性の遺体。十年ぶりに日無山を訪れるきっかけになったあの男性の死因もまた、心不全だったはずではないか…！

「夏生、どうし…」

「これを見てくれ、柊！」

夏生はポケットに入れておいたスマートフォンを操作し、いぶかしむ柊に突き付けた。表示されているのは、遺体となって発見された男性の生前の写真だ。念のため、インターネットの記事からスクリーンショットで保存しておいたのである。

果たして、柊は息を呑んだ。

「…この人は…、吉川さんだ…」

「知ってるのか⁉」

「俺と同じ流れ人だ。こっちの女性と結婚して子どもも居た。俺の数年前にこちらに来て…当時の流れ人は吉川さんだけだったから、俺にもずいぶんと親切にしてくれた。三か月くらい前に姿を消してしまい、家族も心配しているんだが…」

元の世界と違い、小田牧村にはふらりと姿を消して溶け込めるような街は存在しない。この村で行方不明になるのは、猟や山菜採りのために山に入って獣に襲われるか、釣りをしていて川に流されるか、崖から転げ落ちるか…いずれにせよ、命の危機に陥った場合しか考えられない。村人総出で何日もあちこち捜索したそうだが、吉川の発見にはいたらなかったという。

「……あれ？　ちょっと待てよ、柊」

夏生はふいに思い出した。

「吉川さんだけって、日無山では他に何人も行方不明になってるだろ。その人たちはどうなったんだ？　俺、山に登る途中で行方不明になった人のチラシを拾ったんだけど、その女の人はお前が流れ着いた時まだ三十代だったはずだ。寿命には早すぎないか？」

「そう言われても、俺が出逢ったのは吉川さんだけだからな。村人たちが俺に流れ人を隠す理由も無い。…たぶん、おだまき様は利用されたんだ」

柊は少しかさついた唇に皮肉の色を乗せた。子どもの頃はやらなかった表情を目の当たりにするたび、夏生の心臓はちくりと痛む。元の世界で育ったなら、柊はきっと快活な笑顔の似合う青年になっていただろうに。

「俺や吉川さんのように、過去、本当におだまき様によってここへ流れ着いた人間も確かに居たんだろう。だから日無山は人が消える異界だと囁かれるようになった。そしてそれを利用する人間が現れた」

「ええと、…この世に絶望して消えたくなった人が山に登って、そのまま遭難した？」

「それなら遺体が見付かるだろう。俺が言いたいのは誰かが何らかの理由で人を殺し、殺された奴を日無山に埋めたんじゃないかってことさ。本当に埋めなくても、山に入った痕跡を偽装するだけでもいい。あの山に入ったのならそういうことだと、皆が思うだろうからな」

そういうこと——つまり、自ら異界に入るくらいだから死んでしまいたい理由があったのだと誰もが納得し、不審に思わないということだろう。理解した瞬間、背中が冷える。

「…じゃ、じゃあ、あのチラシの女の人は…」

「日無山か、それ以外のどこかに埋まってるんじゃないか？」

さらりと返され、ますます冷えてきた。おだまき様よりも、怖いのは人間の方ではないだろうか。少なくともおだまき様は私利私欲で人を殺したりはしないのだから。もし人間のような感情があるなら、濡れ衣を着せられたと憤慨《ふんがい》しているかもしれない。

……いや、今はそんなことを考えてる場合じゃなかった。

夏生は首を振り、吉川の写真を指差す。

「この人…吉川さんは、日無山のあの沼に遺体になって浮かんだんだ。十三年も前に行方不明になった人が見付かって、俺たちの世界は大騒ぎになった。だから俺は、柊もどこかで生きているに違いないって思って、日無山に入ったんだ」

「そうだったのか……」

「もしかして吉川さんは、こっちで行方不明になった日、あのお恵み沼に落ちてしまったんじゃないか？　それで溺《おぼ》れ死んで、遺体だけが元の世界に流れ着いた。…そう、考えられないか？」

唇に手をやってしばらく考え込み、やがて柊は頷いた。

「ありうる…とは思う。週に一度、村長の邸で村の男たちが酒盛りをするんだが、吉川さんが行方不明になったのは酒盛りの日だったんだ」

酒好きな吉川はしこたま飲んだ後、家で子どもが待っているからと、一人で先に帰ったという。しかし他の参加者が全員帰宅した後も戻らず、今も行方不明のままだというが…。

「帰る途中に酔って足を滑らせ、お恵み沼に落ちた…？　でも当然、あの沼だって捜したよな？」

何せお恵み沼は少し離れているとはいえ、村長の邸の敷地内にあるのだ。酔った吉川が帰りがけに迷い込み、落ちてしまう可能性くらい誰でも思い付くはず——だと思ったのだが。

「お恵み沼に近付いていいのは村長と、その一族だけだ。他の村人はおだまき様の神罰を恐れ、絶対に近寄らない。どんなに酔っていてもだ。だからまさか吉川さんがお恵み沼に行ったかもしれないなんて、誰も…俺も思わなかった」

「じゃあ結局、お恵み沼は捜さなかったのか…」

柊らしくもないミスだが、柊はもうこちらで過ごした時間の方が長いのだ。その分だけ小田牧村の思考に染まってしまっても、無理は無いのかもしれない。

それに、重要なのはそこではない。

「…柊。俺たち、帰れるんじゃないか？」

スマートフォンを持つ手が、ふるりと震えた。

「吉川さんがお恵み沼から元の世界に帰れたのなら、俺たちだって沼に飛び込めば……柊？」

見下ろす柊の瞳が憂《うれ》いを帯びていくのに気付き、どくりと心臓が跳ねた。どうして柊は喜んでくれないのだろう。どうしてそんな…哀れむような顔を…。

「駄目なんだよ、夏生。お前のもとに戻るために、俺はあらゆる方法を試したと言っただろう？」

柊はじょうろを地面に置き、夏生の手から取り上げたスマートフォンを袂《たもと》に落とす。まるでこれから夏生がどうなるか、わかっているかのように。

「もう俺が試したんだ。ここに迷い込んだばかりの頃、村長の目を盗んで、何度もお恵み沼に飛び込んだ。素潜りで潜れるだけ深く潜ったが、…何も起きなかった。だから俺はこうしてここに居るんだ」

「そんな、……嘘、だろう？」

これが最後の希望だったのに——落胆する一方、やっぱり、と呟く自分も居た。夏生に思い付くようなことを、柊が思い付かないはずがないのだと。そう、納得しかけて。

「…でも…っ！」

拒絶の言葉が口を突いた。

「吉川さんは、元の世界に戻れたじゃないか！　俺も柊も、同じ世界から迷い込んだ流れ人だろ。どこが違うっていうんだよ…⁉」

「…違いはある。大きな違いが」

痛ましそうに夏生の肩を掴む柊の手は、がくがくと震えていた。…いや、震えているのは自分の方だと気付いたのは、背中に回された手に引き寄せられた後だ。

「俺たちは生きているが、吉川さんは死んでいた」

「……っ」

「たぶん誤って沼に落ちた後、ショックで心臓が止まり、そのまま亡くなったんだろう。命無き骸《むくろ》となった吉川さんを、どういう理屈かはわからないが、おだまき様は元の世界に返した…」

ははは、ははは……、と、乾いた笑いが漏れた。

まさに『神のみぞ知る』だ。おだまき様は何度、夏生の希望をぶち壊せば気が済むのだろう。どうして村人たちはこんな底意地の悪い神を崇めるのか。…本当に、こんな世界で生きていかなければならないのか。

だったら、いっそ。

「……俺たちも……」

「――死なせない」

柊は夏生をきつく抱きすくめた。馴染んだ匂いと慣れない胸板の逞しさに包まれ、わななく背中を大きな掌が撫で下ろす。

「お前は死なせない。絶対に」

「…なっ…、なん、で…」

「俺が守るから。傷一つ付けないように、俺がずっと傍に居るから。……たとえ、おだまき様を敵に回しても」

真摯《しんし》な誓いにびくりと肩を震わせてしまったのは、夏生もまた否応無しにこの村に馴染みつつある証拠なのだろうか。おだまき様に――神意に逆らったらこの村では生きていけないと、教えてくれたのは柊のはずなのに。

「まだ信じられないのなら……飛び込んでみせようか？」

「……え……」

「これからお恵み沼に行って、お前の目の前で飛び込んでみせようか？　そうすれば、お前は俺の言うことを信じてくれるか？」

柊が飛び込む。お恵み沼に……あの、不吉にうごめく闇の中に……。

「――駄目だっ！」

闇に呑まれる柊が脳裏をよぎった瞬間、夏生は藍染めの浴衣の胸元をきつく摑んでいた。びくりと震える胸に、顔を押し付ける。

「行っちゃ駄目だ！　行かないで…、柊っ……」

「…夏生…」

「もう俺は…、お前を、失いたくない。……離れたくない…っ…」

十年前…柊にとっては十五年前、目の前で柊が消えてしまった時、大切な何かをごっそりと奪い取られるような衝撃を受けた。どうして手を離してしまったのかと後悔し続けた。

もう一度同じことが起きたら、きっと夏生は耐えられない。心が壊れてしまう。

「……それは、幼馴染みとしてか？」

苦しげな声に当たり前だと返そうとして、夏生はとっさに言葉を呑み込んだ。

するりと滑った手が、夏生の震えるおとがいを掬い上げる。炎を宿す緑の双眸に、真上から射貫かれ身動きが取れなくなる。

「お前は残酷だよ、夏生」

「……、…柊…」

「そんなに可愛い顔で、可愛い声で引きとどめるくせに、俺の思いには応えてくれない。…おだまき様よりも、お前の方がずっと残酷だ」

冷たい唇に、柊のそれがゆっくりと重ねられる。

昔とは比べ物にならないほど逞しい背中の向こうで、神花の花びらが風に揺れていた。

迷い込んで一週間が経つ頃には、夏生も小田牧村という異界がどんな場所なのか理解しつつあった。

とにかく変化が無いのだ。村人は自分たちが食べるだけの食料を田畑で栽培し、足りない分はおだまき様のお恵みで補う。

衣類もおだまき様のお恵みをそのまま着るか、お恵みの布地を自分で仕立てるから、ファッションの流行というものが生まれない。柊が作務衣や浴衣を身に着けているのは柊自身の趣味ではなく、単におだまき様のお恵みにはサイズが合うものが無いからのようだ。

朝早くに起き出して田畑を耕し、日暮れになれば家路につき、家族団らんの後はさっさと布団に入る。それを毎日死ぬまでくり返すことに、誰一人として疑問を抱いていない。

誰とも競わず、飛び抜けてぜいたくな暮らしを送ることも無い代わりに、路頭に迷うことも無い。波風一つ立たない水面のように変わらない生活を、村人たちは気が遠くなるほど長い間続けてきた。…おだまき様の意志に従って。

そんな村の中では、夏生の方が異物なのだ。

「…おーい、夏兄ちゃーん！」

午後三時を過ぎ、ぐったりと居間のテーブルに突っ伏していると、廊下のガラス戸が叩かれた。大きな袋を抱えた和夫が、ぶんぶんと元気良く手を振っている。

「これ、母ちゃんが持ってけって。うちの畑で育ててるりんご。さっきもいだばっかだから美味しいよ」

のろのろ起き上がって内鍵を開けてやれば、和夫は濡れ縁に座り込み、膨らんだ大きな袋を渡してくれた。こうやって畑の作物をおすそわけし合うのは、元の世界の田舎と同じだ。村長代理の柊のもとには、他にもあちこちから旬の野菜だの果物だのが持ち込まれる。

「ありがとう、和夫くん。お母さんにもお礼を伝えておいてくれるかな」

「そんなの、いいんだって。採れすぎて困ってるくらいなんだから。…ところで、柊兄ちゃんは？」

「柊なら村長のお邸に行ってるよ」

冷蔵庫の麦茶を出してやりながら答えれば、ああ、と和夫は頷いた。

「そういや今夜は酒盛りの日だったたっけ。夏兄ちゃんは行かないの？」

「うん。俺の生まれたところでは、お酒は二十歳にならないと飲んじゃいけない決まりだったから」

へえええ、と和夫は感嘆し、身を乗り出してきた。ここことは違う世界…柊が育った世界の話題は、好奇心旺盛な少年にとって興味の的のようだ。

「二十歳なんておっさんじゃん。どうしてそんな歳まで飲んじゃいけないの？」

「えーと…お酒は身体の成長を邪魔したり、飲みすぎると依存したりしちゃうから…、かな」

「二十年も生きてりゃもう成長しきってるし、飲みすぎるほど飲んだりなんか出来ないのになあ」

首を傾げてばかりの和夫を見ていると、この村では夏生の常識なんて通用しないのだとつくづく思い知らされる。

元の世界では金さえあれば簡単に入手出来た酒も、おだまき様のお恵みに頼るしかない小田牧村では貴重品だ。柊によればお恵み村に流れ着いた酒類は村長が厳重に管理し、週に一度の酒盛りや特別な行事の時にのみ振る舞われるのだという。村の風紀を守るためだろう。数少ない娯楽の一つを独占することで、村長の権力を増強する狙いもあるのかもしれない。

今日は夏生が迷い込んでから初めての酒盛りが行われる日だ。小田牧村では恐ろしいことに十三歳から飲酒が認められるから、夏生が参加しても何の問題も無いのだが、柊はやめておいた方がいいと断言した。

『酒盛りには粕谷さんみたいな人が山ほど参加する。流れ人で独身のお前がのこのこ行けば、縁談を受けない限り飲まされ続けるぞ』

それは夏生もまっぴらごめんだったので、酒盛りの支度のため村長の邸に向かう柊を見送り、留守番をすることにしたのだ。

しかし柊と入れ替わりに粕谷がやって来て、一度でいいから姪と会ってみないかと口説かれ続けた。どうにか拒み通し、追い返したもののすっかり疲れ果ててしまい、休んでいたのである。

……酒盛りが無かったら、まだ居座ってたかもしれないな。

娯楽の少ない村人にとって、村長の邸での酒盛りは最高の楽しみなのだ。飲酒の経験すら無い夏生には、理解出来ない楽しみだが。

「はい、夏兄ちゃん」

つやつやと大きなりんごにかぶりつこうかどうか迷っていると、和夫がベルトにくくり付けていた小刀で器用に皮を剝き、切り分けてくれた。木製の柄には『和夫』と彫られている。

元の世界では危ないからと使わせない学校も多いが、こちらでは七、八歳くらいになると刃物を持ち歩くのが当たり前だそうだ。山で木の実を採ったり、蛇《へび》に嚙まれた時に傷口を切開したりするのにも使うと聞かされ、夏生はカルチャーショックを受けた。

「…なあ、夏兄ちゃん。最近、うちの姉ちゃんこっちに来てないか？」

和夫は夏生が差し出したふきんで手を拭きながらこちらを窺う。

「悦子ちゃん？　来てないけど…」

それどころか、毎日ほぼ柊と一緒に居ても姿すら見かけていない。柊に対する執着と恋心を隠そうともしなかった悦子だ。しょっちゅう押しかけてくるのではないかと内心ひやひやしていただけに、肩透かしを喰らった気分である。

「そっか。ならいいんだけどさ…」

「…何か、あったのか？」

「姉ちゃん、こないだ粕谷さんちの清兄ちゃんはどうだって父ちゃんに言われたんだ。いい加減柊兄ちゃんを諦めないと、いきおくれになっちゃうぞって」

十五歳でいきおくれだなんて元の世界ではありえない話だが、小田牧村では普通なのだ。現に悦子と同じ年頃の少女たちは半分以上が学校を辞め、結婚しているのだという。悦子の両親が心配するのも、無理は無い。

「…悦子ちゃんは、何て？」

「それがさ…、てっきり嫌だ嫌だって泣き喚くかと思ったのに、それもいいかもね、なんて言い出して…。父ちゃんと母ちゃんはやっと嫁入りかって喜んでるけど、俺、なんか嫌な感じがしてさ…」

嫌な予感の理由は、聞かなくてもわかる。

『……今日はこれで失礼しますけど、柊兄様。私、絶対に諦めませんから』

そう宣言した時の悦子はあどけない少女ではなく、恋する女の顔をしていた。柊が夏生に手出しをするなと釘を刺しても、納得したようにはとても見えなかった。なのに突然他の男との結婚を受け容れたと言われても、信じられるわけがない。

「もしかして、毎日来てくれるのは、俺を心配して…？」

「それもある、けど……半分以上は夏兄ちゃんに会いたいからだよ。夏兄ちゃんの話、すげえ面白いから」

和夫はにかっと笑って麦茶を飲み干し、大きな目を期待に輝かせる。

「昨日聞かせてくれた海賊の王様の話、続きを教えてよ。俺、続きが気になってあんまり寝られなかったんだぞ」

小田牧村には子ども向けの絵本や教科書のたぐいはあるが、大人も楽しめるような漫画や小説などは存在しない。よけいな知恵を付けさせないためだろう、と柊は言っていた。

だから夏生が元の世界で大ヒットした漫画のストーリーを語ってやると、和夫はとても喜び、毎日おすそわけにかこつけて遊びに来るようになったのだ。おかげでだいぶ打ち解けられたから、大ヒット漫画様々である。

「いいよ。えっと、昨日はどこまで話したっけ？」

「主人公が悪い奴らのアジトに乗り込んだところまで！」

それから一時間ほどストーリーを堪能し、和夫は帰っていった。いつもより早いのは、和夫の父親が酒盛りに参加しており、家に母親と姉しか居ないからだろう。気性の激しい姉を危ぶみつつも、和夫なりに大切に思っているようだ。

「……はあ……」

居間に引っ込み、夏生は畳に大の字になった。点けっぱなしの扇風機の回る音が、やけに大きく感じられる。

……柊……。

まだ外は明るいが、村長の邸では酒盛りが始まっているだろう。街灯の無い村では暗くなると懐中電灯に頼るしかないから、早いうちに集まり、夜が更ける前にお開きにするのだ。酒を飲んで騒ぐ柊なんて、ちょっと想像がつかない。

……俺、変だ。

柊の居ない家はがらんとして寒々しく、心細いのに、どこかで安心しているなんて。

『そんなに可愛い顔で、可愛い声で引きとどめるくせに、俺の思いには応えてくれない。…おだまき様よりも、お前の方がずっと残酷だ』

一週間前、苦しそうにそう告げて唇を重ねた後、柊はすまなかったと詫《わ》びた。もうお前を困らせるようなことは決してしないから、と。

その言葉通り、柊が必要以上に夏生に触れることは無かった。…でも、どうしてもわかってしまうのだ。柊は夏生への思いを断ち切ったわけではないのだと。何をしていても、熱を孕《はら》んだ緑の双眸が纏わり付いてくるせいで。

――好きだ。愛している。お前だけが欲しい。

無言の告白にさらされ続け、夏生は困惑しきっていた。だから今日、数時間でも柊と離れられると知った時は少し喜んでしまったのだ。

柊は他の村人たちのように農作業はしない。せいぜい庭の小さな菜園の手入れをするくらいで、一日の時間のほとんどを村長の業務代行に費やしている。村長の仕事は、夏生が予想したよりずっと多いのだ。おだまき様のお恵みを配ったり神花の世話をしたりする他にも、村人たちの戸籍を管理したり揉め事を仲裁したりと、役所と交番のような役割を果たしている。

柊が村長代理の仕事をする間、夏生はずっと傍に居て、書類の整理などを請け負っていた。若いのだから農作業を手伝うと申し出たのだが、慣れない人間がいきなりやっても怪我をするだけだ、とあえなく却下されてしまったのだ。

夜は同じ部屋に布団を並べて眠るから、夏生が一人になるのはトイレか風呂の間くらいだった。一人でゆっくり考え事がしたいと願っていたのに、いざ実現すると、もやもやした思いだけが胸に渦巻いてしまう。

…柊が嫌いなわけじゃない。むしろ好きだ。柊の居なかった十年間、柊以外の友人もたくさん出来たけれど、柊よりもわかり合い仲良くなれる人間は居ないだろう。

恋愛の意味で好きだと告げられた時も嫌じゃなかった。唇を奪われてさえ、嫌悪感は欠片も湧かなかった。柊の匂いと体温に包まれるとひどく安心出来た。この一週間、ろくに触れてくれないことにかすかなもどかしさを覚えてしまうくらいに。

……でも、わからない。

この胸を満たす気持ちが何なのか。自分が柊を、どう思っているのかも。柊は大切な幼馴染みで親友だ。それ以外、ありえないのに――。

横向きに寝返りを打つと、ポーン、と玄関の方で音が鳴った。少し遅れて呼び鈴の音だと気付き、夏生は慌てて起き上がる。村人たちはたいてい濡れ縁から声をかけてくるので、玄関はめったに使わないのだ。

「――こんばんは、櫛原さん」

ドアを開けると、大きな風呂敷包みを持った悦子が立っていた。和夫の話を思い出し、思わずドアを閉めそうになるが、悦子はにっこり笑って包みを掲げてみせる。

「今日は柊兄様がいらっしゃらないから、お一人でしょう？　夕飯をご一緒したいと思って、お弁当を作って参りましたの」

「……俺に？」

「ええ。弟からお聞き及びでしょうけれど、私、縁談を頂いていて…お受けするつもりでおりますの。先日は大変な無礼を働いてしまいましたから、櫛原さんにお詫びして、心残り無く嫁ぎたいと思っていて…ご迷惑でしょうか？」

「あ、いや、そんなことは」

先日が嘘だったような殊勝な態度に呆気に取られていると、良かった、と悦子は笑みを深め、ずかずかと上がり込んでしまう。

ほっそりした背中を急いで追いかければ、居間のテーブルには美味しそうなおかずや炊き込みご飯の詰まった重箱が二つ広げられていた。

「さあ、召し上がって。私が腕を振るいましたのよ」

持参してきた割り箸を差し出しながら、悦子が勧める。

夏生はしばらくためらい、受け取った。柊の警告が頭をよぎりはしたが、悦子一人で夏生をどうこうすることは出来まい。

心残りを無くしてから嫁ぎたいという気持ちを無下にするのも、気が引ける。悦子は和夫と同様、柊と共に育ってきた家族のような存在なのだから。もしも夏生が居なかったら、柊は今頃悦子と結婚し、子どもも生まれていたかもしれない。

「…ありがとう。じゃあ、頂くよ」

ちくんと痛む胸を無視し、夏生は弁当に箸を伸ばした。好物の出汁巻き卵も野菜の煮物も、甘酢餡の肉団子も十五歳の少女が作ったとは思えないくらいよく出来ている。

「お口に合いますか？」

「うん、美味しいよ」

「良かった。たくさん召し上がって下さいね」

悦子は嬉しそうに微笑み、炊き込みご飯を口に運んだ。

あれ、と夏生は首を傾げる。夏生の炊き込みご飯には細かく刻んだかんぴょうのような茶色の具材が入っているのに、悦子の分にはそれらしいものが入っていないのだ。

たまたまだろうか。三分の一ほど減った自分の弁当箱と悦子の弁当箱を見比べてみるが、やはり悦子のご飯に茶色の具材は無かった。何故か胸が騒ぎ、箸を置いた時だ。下着の中の性器がずくりと疼《うず》いたのは。

「櫛原さん？」

「…、……っ」

返そうとした応えは、熱を帯びた吐息にすり替わった。肌を内側からちりちりと炙る熱がまばたき一つの間に燃え広がり、全身の血を沸騰させる。

……な……んだ、これ……!?

触れられてもいないのに、熱くたぎった性器が下着を押し上げていく。

膨らんだ股間を悦子に見せたくない一心で畳に両手をつけば、くすり、と笑い声が聞こえた。

「やっと効いてきたみたいね」

「…ぁ…、…悦子、…ちゃん？」

「馴れ馴れしく呼ばないでよ、気持ち悪い。あんたなんか早く死んじゃえばいいのに」

嫌悪にゆがんだ顔には、さっきまでのしおらしさの欠片も無い。

一服盛られたのだと、夏生はぼやけゆく頭で理解した。おそらくはあの茶色の具材…あれに毒が含まれていたに違いない。

……毒？　これが？

息が弾む。身体が火照る。夏生の意志にはお構い無しに、股間に熱い血が集まってゆく。

……毒なんかじゃ、ない。まるで、変なドラッグでも飲まされたみたいな……。

「…何…で、こんな、…こと…」

ともすれば股間に伸びそうになる手で胸をかきむしる。夏生が毒に苦しんでいると思ったのか、悦子はにいっと唇を吊り上げた。

「この私が、清さんなんかと結婚するわけないでしょう。私がお慕いするのは柊兄様だけよ」

悦子は柊を諦めてなんかいなかったのだ。柊と和夫の不安は、最悪の形で的中してしまった。

「貴方が流れてくるまで、柊兄様に一番可愛がられていたのは私だったわ。柊兄様は特別なお方。貴方さえ居なくなれば、特別な兄様には特別な私こそがふさわしいってわかって下さるはずよ」

「こん…な、…こと、しても…、柊は…」

震える指先が、預かったままのエメラルドのペンダントに触れる。無意識に握り込めば、悦子はみるみる顔を強張らせ、手を振り上げた。

「この泥棒っ！」

「…ぁ…っ」

叩かれるのかと身構えたが、勢いよく下ろされた悦子の手はエメラルドのペンダントを掴んでいた。ぐいっと強く引っ張られ、プラチナのチェーンが首に食い込む。

「これは私のものよ！　いつか大切な人が出来たらあげるんだって、柊兄様はおっしゃってたんだから！」

「や、…っ、これは、俺の…」

絶対に渡すものかと、夏生はペンダントを握る手に力を込めた。

これは柊から預かった大切なお守りであると同時に、柊にとっては唯一の元の世界のよすがだ。

悦子なんかに奪われてたまるものか。

「離しなさい、この身のほど知らず！」

激昂《げっこう》した悦子が鬼の形相でペンダントを引っ張る。

ぎり、と首筋に痛みが走った。このままでは首の肉を断たれ、チェーンもちぎられてしまうかもしれない。

わかっていても、離す気にはなれなかった。…奪われたくない。柊の大切なペンダントを…いや、柊を…！

「――夏生から離れろ！」

今にも熱に溶けてしまいそうな意識に、荒々しい声が響いた。見たことも無いくらい怒りを露わにした柊が、悦子の腕をひねり上げている。

「ひ…、いいぃぃっ…」

悦子がたまらずペンダントを離してくれたおかげで、夏生は苦痛から解放された。呼吸が出来ずにいた喉に一気に空気が入ってくる。

「この、人殺しが！」

げほげほと咳き込みながら身を起こし、夏生は我が目を疑った。

これは現実なんだろうか。あの優しい柊が悦子を床に叩き付けたばかりか、白い頬を容赦無く拳で殴り飛ばすだなんて。

「ぐあっ」

「ね、姉ちゃん…！」

壁際までふっ飛んでいった悦子に、和夫が泡を食って駆け寄る。

とっくに帰ったはずなのに、どうしてこんなところに居るのか。柊だってそうだ。今は村長の邸で、酒盛りの真っ最中ではないか。

「どけ、和夫」

動けない姉を庇い、両手を広げる和夫に、柊は殺気の滲んだ声で命じる。

「そいつはあろうことか神花を盗み出し、夏生を殺そうとした。報いは受けさせなければならない」

「そ…、そうだけど…っ！　夏兄ちゃんはまだ、死んでないじゃないか！」

「当たり前だ。もし俺の夏生が死んでいたら、この程度じゃ済まさない。指先と爪先から切り刻んで、どうか殺して下さいと泣いて懇願するまで苦痛を味わわせてから、生きたまま魚の餌にしてやる」

……神花？　あの花を料理に混ぜたのか？

途切れ途切れに聞こえてくる会話に、夏生は震え上がった。

汁に触れただけで爛れ、大量に摂取すれば心臓麻痺で死ぬというあの花を、自分は食べてしまったのか。ならば全身を蝕《むしば》むこの熱も、異様なまでに脈打つ心臓も、神花の毒のせい？

「しゅ…、…う…っ…」

上擦った声をどうにか絞り出すと、柊は弾かれたように振り返り、夏生を抱き起こした。身体じゅうが火照っているせいか、いつもは熱い手が少し冷たく感じられる。

「夏生、大丈夫か⁉　すぐに治療を…」

「……い、…い」

軽々と抱き上げ、どこかへ駆け出そうとした柊の浴衣の胸元を、夏生は力の入らない指で摑んだ。…布越しに触れ合った肌が熱い。炎が渦巻き、燃え上がってしまわないのが不思議なくらいに。

「治療なんて…、…いいから、…柊…」

もう一方の手で、膨らみきった股間に触れる。

柊の首に浮かんだ喉仏がごくりと上下した瞬間、夏生は確信した。

柊ならきっと、この苦しみから救ってくれる。…今、夏生を助けられるのは柊しか居ないのだと。

「……助けて。身体が、…熱くて…、溶けちゃうよぉ……っ…」

「――――っ……！」

歯を食いしばった唇から漏れた吐息は、獣のそれに似ていた。ぽろり、と夏生は歓喜の涙を流し、柊の太く逞しい首筋に縋り付く。

身の内で逆巻く熱を、少しでも柊に移したくて。一緒に溶けてしまいたくて。

柊はゆっくりと和夫に向き直った。壁にもたれ、殴られた頰を押さえていた悦子がびくりと身体を震わせるが、そちらには一瞥もくれない。

「……その女を牢に連れて行け。食事は与えてもいいが、治療は許さない」

「そんなっ…」

和夫は反論しかけたが、ぐっと言葉を呑み込み、姉を立ち上がらせた。今の柊に何を言っても聞き入れてはもらえないと理解したのだろう。あるいはこれ以上悦子を柊の目に触れさせ、痛め付けられたらまずいと判断したのか。

「…姉ちゃん、早く！」

痛みとショックでふらつく悦子を半ば引きずるようにして、和夫は濡れ縁から出て行った。いつの間にか廊下のガラス戸が開いている。柊と和夫はあそこから助けに来てくれたらしい。

「…柊、……柊ぅ…っ…」

かすかに頬を撫でる生ぬるい夜風さえ、敏感になりすぎた肌には拷問だ。熱を煽るだけ煽って、発散させてくれない。

もう、なりふりなんて構っていられなかった。夏生は乱れた浴衣から覗く胸に顔を埋め、汗ばんだ肌に舌を這わせながら己の股間を乱暴に揉みしだく。熱に浮かされた自分が柊の目にどう映るか、考えもせずに。

「……夏生、聞いてくれ」

熱い吐息が耳朶をくすぐった。

「お前は今、普通の状態じゃない。限られた者しか知らないことだが、神花は微量なら性感を異様に高める媚薬のような効果がある。悦子はお前を殺そうとして料理に神花を仕込んだが、摂取した量が中途半端だったせいで、媚薬の効果が発揮されてしまったんだろう」

「…は…、っ…」

「こうなってしまえば、誰かと肌を重ねて発散しない限り神花の熱は冷めない。……俺に、お前を助けさせてくれるか？」

熱に溶かされてしまいそうな頭では、柊の言っていることの半分も理解出来ない。でも柊が夏生を救おうとしてくれているのはわかるから、夏生はこくこくと頷き、涙に潤んだ瞳で見上げた。

「…柊が、いい。柊に、助けて欲しい…」

「……夏生…っ……！」

ぎりりと歯を噛み鳴らし、柊は奥の襖を乱暴に蹴破った。隣は寝室として使っている部屋だが、布団は押し入れの中だ。

「あ…ぁ、…柊、柊っ……」

色あせた畳に下ろされるや、夏生はシャツを脱ぎ捨て、ズボンのウエストに手をかけた。一秒でも早く生まれたままの姿になって、こもった熱を少しでも発散してしまいたいのに、汗ばんだ手は何度も滑ってしまう。

もどかしさに歯噛みしていると、柊がそっと手を外させ、代わりに下着ごとズボンを脱がせてくれた。解放感に息を吐く夏生を緑の双眸で舐め回し、己の与えたペンダントだけを着けた裸身に手を這わせる。

「……長かった」

「…あ…っ、あぁ……」

「この日のために、俺は……」

いつもより低くかすれた声は、柊もまた興奮している証なのだろうか。…そうだといい。柊も夏生と同じくらい昂《たかぶ》って、夏生を求めて欲しい。でないと、でないと…。

「……柊っ……」

ぞぞぞぞぞ、と背筋がわななく。

脳天を溶かされそうな熱と凍え死にそうな寒さが交互に襲ってきて、夏生は柊に縋り付いた。引き締まった腰に腕を回し、帯を解くと、浴衣の裾をかき分ける。

「あ、……あぁぁ……」

下着に覆われた柊の股間は大きく膨らみ、雄の匂いを漂わせていた。再会を果たしたあの日を思い出し、夏生はうっとりとそこに顔を寄せる。より濃厚になる匂いに、限界まで勃起した性器が歓喜の涙をしたたらせる。

「…はや、く…」

「…っ…、夏生…」

「早く…、これ、ちょうだい……俺の、中にっ……」

涙目でそうねだれば、願いはすぐに叶えられると――高まる一方のこの熱から解放してもらえると、どこかで理解していた。

頭の中に、いくつもの映像が泡沫《ほうまつ》のように浮かんでは弾ける。

悲鳴を上げて逃げ回った末に押し倒され、犯される自分。紫色の花々に囲まれ、裸身に華やかな着物を羽織っただけの姿で巨大な雄を尻に銜え込み、腰を振る自分。薄暗い部屋に閉じ込められ、一心不乱に雄にしゃぶりつく自分。

どの自分も最後には最奥に精を注がれ、満ち足りた表情を浮かべていた。そして自分を雄でつなぎとめるのは、いつだって柊だった。

だから、きっと今回も――。

「……あぁ……っ！」

ぐるりと視界が回る。

両脚を大きく開かされ、反射的に閉ざしていたまぶたを開けば、ぎらつく緑の双眸に心まで射貫かれた。あお向けで押し倒された夏生の脚を持ち上げ、柊は獰猛《どうもう》な笑みを浮かべる。

「あ、ああ、…あ……」

その股間にそそり勃つ雄の猛々《たけだけ》しさに、口の端からよだれが垂れそうになる。子どもの腕ほどありそうな刀身は幾筋もの血管を脈打たせながら反り返り、透明な先走りをこぼしていた。重たげにぶら下がる双《ふた》つの嚢《ふくろ》も、夏生のそことは比べ物にならない。

「…早く…、早くぅ……」

慣らされてもいない尻に極太のものをねじ込まれたら無事で済むはずがないのに、夏生は蕾をひくつかせて柊を誘った。傷付けられても血を流しても、ここに柊を受け容れれば最高の快楽を与えられるとわかっていたから。

「――夏生……っ！」

膝頭が胸につくほど高く脚を抱え上げられ、さらけ出された蕾に切っ先があてがわれる。

無垢な入り口を焦がしてしまいそうな熱さも、太腿に食い込む指の力強さもむっちりとした肉の感触も、何もかもが初めてのはずなのに、どこか懐かしさを覚えてしまうのは何故なのか。

「ひ……っ、あ、ああ、あああーーー……！」

一度も異物を受け容れたことの無いそこに、初めて銜え込むには残酷なまでに大きな先端が沈み込んでくる。

普通なら壊れてしまいかねないだろうに、貫いてくれるものを待ちわびた蕾は限界まで口を開け、柊を呑み込んでいった。少しずつ少しずつ、その圧倒的な太さと血管の凹凸を堪能するかのように。

……何これ……、おかしい。俺の身体、どうなってるんだ……？

「…夏生。もう少しだけでいいから、緩めて」

「あん……っ…」

柊が腰を揺らすかすかな振動にすら媚肉がざわめき、ぎち、ぎちちと腹の中にめり込む刀身をもぐもぐと頬張ってしまう。片眉だけひそめた柊の顔は心臓が高鳴るくらいなまめかしいけれど、緩めるなんて無理だ。だって、だって。

「…離れたく、ないから…」

「夏…、生……」

「柊と、…絶対に、離れたくない、…から…」

どんなに強く握った手も、力を込めれば解けてしまう。でもこうやってつながれば…一つになってしまえば、絶対に離れられない。

「っ…、夏生、夏生っ！」

「ひ、……あぁぁっ！」

さらに脚を高く掲げられ、下肢が浮き上がる。ほとんど真上から突き刺さった肉刀の先端がどくんと脈打ち、熱い飛沫《ひまつ》をぶちまける。

「ああ、…あ、ああ…、しゅ、…う、……柊、が……」

ほとばしった大量の精液は媚肉を潤しながら奥へ奥へと注ぎ込まれ、ちゃぷりと腹の中で粘着質な水音をたてた。熱い粘液が染みる初めての感覚に、夏生は思わず手を伸ばし、小さく震える自分の腹に触れる。

「…柊が、…ここに、居る…」

「ああ、……そうだよ、夏生」

ぶるりと胴震いし、最後の一滴まで夏生に受け取らせながら、柊は端整な顔を近付けた。うっすら開いた夏生の唇に、燃えるように熱いそれを重ねる。

「俺はずっとお前の中に居る。どこにも行かない」

「…ほん、と？　離れたり、しない？」

「離れられるわけがない。……せっかく、成功したのに」

囁きは熱にかすれ、うまく聞き取れなかった。

けれど何の問題も無い。いつもより深みを増した緑の双眸と眼差しを重ねれば、わかるから。

柊が夏生の身体じゅうの熱を貪り尽くし、代わりに柊で満たしてくれるつもりだということが。

「……あ、あ、あぁ……！」

数度腰を揺らしただけでたちまちみなぎった肉刀は、ぐしょぐしょにぬかるんだ隘路《あいろ》を何の苦も無く進んでいく。さっきまでよりいっそう鮮明に柊の存在を感じ、腰をくねらせると、熱い息を吐いた柊が一気に突き入れてきた。

「ああ、……あっ！」

股間に集められた熱が弾ける。

勢いよく発射された精液はあちこちに飛び散り、夏生の頬まで濡らした。根元まで余さず腹の中に埋めながら、柊は頬に舌を這わせる。

「……ぁ…、…ん…っ…」

美味そうに唇を舐め上げる舌がなまめかしくて、夏生は思わず腹の中の柊を食み締めた。最奥で重なる脈動と鼓動が、かすかに残っていた理性をぐずぐずと煮溶かしていく。

濡れた唇が笑みを形作った。

「…腹を突かれるのは、そんなによかったのか？」

ゆさ、と柊が腰を揺らすと、萎えた夏生の肉茎も一緒に揺れる。男とも女とも経験は無く、人並みに自慰はしてきたけれど、触れずに達したのは生まれて初めてだ。

でも、恥ずかしくなんてない。

「…うん…、よかった…」

夏生は恍惚と目を蕩かせ、逞しい背中をかかとで引き寄せた。ずぷ、とまた深く雄がめり込み、快楽に染まりきった吐息がこぼれる。

「柊が熱いの、たくさん中に出してくれて…奥まで嵌めてくれるの、すごくいい…」

「あ…ぁ、夏生…」

「もっと…、もっとちょうだい。俺のこと、柊でいっぱいにして…」

一度だけじゃ足りない。二度でも三度でも、柊の限界が訪れるまで夏生の中に精液を注ぎ込んで、こぼしてしまわないよう太い雄で栓をして、媚肉がこそげるほど突かれたい。

——犯されたい。あの時みたいにねじ伏せられて、慣らしもせず背後から貫かれたい。

——咥えさせられたい。あの時みたいに小さな口内を猛る雄に満たされ、えずきそうになるほど突きまくられて、喉奥に精液を流し込まれたい。

——溢れさせたい。あの時みたいに一晩かけて呑み込まされた精液を、柊に腹を押され、柊の目の前で蕾から吐き出したい。

頭の中にまたひらめいては消えていく映像を、夏生は無意識に口走ってしまっていたようだ。

「…お前…、覚えてるのか？」

柊の頬がわずかに緊張を帯びる。

質問の意味がわからず戸惑ったのは、つかの間だった。夏生は唯一身に着けたエメラルドのペンダントをまさぐり、握り締める。

「覚えて、る。…これは、柊に大切な子が出来たら、あげるんだって」

「何……？」

「悦子ちゃんが、言ってた…でも俺は悦子ちゃんにも、誰にも渡したくなかったから、だから…」

「…だから、こんな傷が出来るまで抵抗したのか？」

ふっと緊張を解き、柊はチェーンが食い込んで出来た傷をいたわるように舐めた。

もうじゅうぶん大きくなったと思っていた雄がいっそう膨張し、夏生の薄い腹を内側から拡げていく。みしみしと肉が軋み、柊の形に馴らされる。その感覚すら愛おしい。だって拡げてもらえばもらうほど、柊を注いでもらえるから。

「……う、ん。俺…、柊を、…誰にも渡したくない…」

「――ペンダントじゃなくて、俺を？」

首を上下させたとたん、腹をみちみちに満たしていた雄が一気に引き抜かれた。どうして、と抗議する間も無く、ぽっかり空いた蕾に再び極太の杭を穿《うが》たれる。

「…っあ、あああ……っ！」

頭の奥で白い光が弾けた。

脱力した脚を夏生より一回りは太く逞しい腕で担ぎ、柊はいきった雄をがつっと打ち付ける。遠慮も何も無い、ただ自分の欲望を満たすための獣のような律動を刻まれるたび、夏生の小柄な身体は畳の上で跳ねる。

「夏生…、夏生っ…！」

「あっ、ああっ、しゅ、柊、柊…」

「好きだ…、好きだ、お前が好きだ。初めて逢った時から好きだった。お前が俺に、笑いかけてくれた時から…」

どくん…っ、と脈打ったのは夏生の心臓か、それとも腹の中の雄か。つながった部分から熱が広がるのを感じ、夏生はきゅうっと柊を締め上げた。

柊が緑の瞳を眇《すが》め、腰をぶるりと震わせてくれるのが嬉しい。…夏生だけじゃない、柊も同じ熱を分かち合ってくれている証拠だから。

「…しゅ…う、柊……！」

ぬちゅぐちゅと薄闇に淫《みだ》らな水音が降り積もる。腹を一突きされるごとに、身体が造り替えられていくみたいだった。何の経験も無かった無垢な身体から、柊の熱情を受け止めるための器へと。硬い蕾が花開くかのように。

「もっと…、出して…」

力の入らない手を懸命に持ち上げ、己の乳首と股間に触れる。さっきからぴんと尖って疼く乳首を指先でつまみ、達したばかりのくせに張り詰めた肉茎を扱く。夏生がいやらしくなればなるほど柊の劣情を煽ると、知っているから。

「さっきよりもっと奥に…、たくさん、出してぇ……」

「……あ、あ、……夏生！」

ずんっ、と身体が内側から震えた。

信じられないくらい奥に突き立てられた雄の先端から放たれるおびただしい量の精液を、夏生は柊の首筋に縋り付いて受け止める。びくんびくんと両脚をけいれんさせ、腰をくねらせながら。

……あ、ああ、たくさん…、柊が、柊が、たくさん……！

さっき注がれた分と混ざり合い、熟れきった先端にずぶずぶと攪拌《かくはん》されて泡立つ精液が奥に流れ込んでくる。全身を蝕む異様なまでの熱がほんの少しだけ癒され、呼吸がかすかに楽になった。

でも、まだ足りない。まだ、まだ柊が——この身を貪り、喰らい尽くす熱が——。

「…まだ、満足出来ないか？」

柊は震えの治まった内腿を愛おしそうに吸い上げ、紅い痕を刻んだ。即座に頷く夏生の腹をゆるゆると突き、柊に比べたらずいぶんとささやかな性器を包み込む。

「俺もだ。…もっともっとお前を犯して、つながって…俺を、孕ませてやりたい」

「ぁ…っ、お、…俺が、…柊を…？」

「ああ。そうすれば俺たちは、二度と離れ離れになんてならない。何があっても、ずっと一緒に居られるだろう？」

「あ…んっ、んっ、あ、ああっ」

じゅぷじゅぷと泡立つ精液をかき混ぜているだけで、柊の雄は逞しさを取り戻していく。汗ばんだ手に肉茎を握り込まれながら身体ごと揺さぶられ、がくがくと首を上下させれば、柊はひっきりなしに喘《あえ》ぐ夏生の唇をかぶりつくようにふさいだ。

「…う、……ん、んー、……っ…！」

入り込んできた肉厚な舌に、初心な夏生があらがえるはずもない。縮こまる舌をたちまちからめとられ、上も下も柊に満たされる。担ぎ上げられた太腿が腹を圧迫してひしゃげさせ、中の精液を媚肉に染み渡らせていく。

うまく呼吸が出来ないのに、吐き出す息さえ奪い尽くされて苦しいのに、身の内の快楽は高まる一方だった。たぷ、と腹の中の精液が波打ち、夏生は縋り付いた柊の首筋に爪を立てる。その痛みさえ愛撫《あいぶ》だとばかりに、柊は喉奥へと舌を潜り込ませる。

「…っん、う…、ふ、…んんっ…」

決して閉ざされない緑の双眸から目を離せず、耳は腹の中から聞こえる水音に侵され続ける。今や夏生の身体は一回り以上大きな柊のそれに覆いかぶさられ、絡み付いた四肢以外は埋もれてしまっているだろう。

このまま、柊に埋もれて一つになってしまえたら——。

「ふ……、うっ、……ん……？」

混ざり合った唾液を呑み込み、美味しいと喉を鳴らした時、絡んでいた舌がするりと解かれた。ずっと担ぎ上げられていた脚が下ろされる。口付けばかりか下肢のつながりまで解かれそうになり、夏生は出て行こうとする雄をとっさに締め付けた。

「…柊…、……何で？」

まだ、熱は冷めていないのに。まだ、お腹はいっぱいになっていないのに。孕むまで夏生を犯したいと、柊だって言ったくせに。

眼差しで抗議する夏生に構わず、柊は腰を引いた。ぱっくりと開いたままの蕾から大量の精液が溢れ出る前に夏生をうつ伏せにさせ、下肢だけを突き出させると、貫いてくれるものを求めてうごめく蕾に衰えを知らない雄を突き入れる。

「ひ……っ、あ、やあぁぁぁ……っ！」

逆流しかけた精液を押し戻しながら、雄はざわめく媚肉をごりごりと擦り上げる。さっきまでとは違う角度で抉られ、夏生は見開いた瞳から歓喜の涙を流した。

「……いいのか？」

ゆっくりと背中に覆いかぶさってきた柊が、夏生の顎を掬い上げる。耳朶をねぶられ、うん、うんと夏生は頷いた。

「いい…っ、いいよぉっ…、柊、柊がっ…」

「俺が、何？」

「精液、お腹の奥に…、ぐちゅぐちゅ、たぷん、って……」

何を言っているのか自分でもわからなかったけれど、柊にはちゃんと伝わった。背後から握り込まれた性器が大きな手の中でぐちゅりと押し潰される。気付かないうちに、軽く達してしまっていたらしい。

「腹の中に出されたのを、俺にかき混ぜられるのが気持ちいいのか？」

「ん…、んっ……」

「そうか。…なら、何度でも出してやるよ。お前が望むだけ…」

くつくつと柊は喉を鳴らし、夏生の腹に手を滑らせた。強く押されれば、たっぷり溜め込まされた精液が奥へせり上がってきて、夏生は太い雄を食み締めてしまう。

「…あぁ…っ…」

「そうしたらここは、俺ので膨らまされちまうかもしれないな。……それでもいいか？」

耳の穴に舌を突き入れながら囁かれ、夏生は夢中で頷いた。体内の熱が高まるたび脳裏によぎる、奇妙な映像。あらゆる状況で犯される夏生と、犯す柊。柊は不思議と懐かしいそれをなぞり、現実にしてくれるつもりに違いない。

早く出してとねだる代わりに両手を畳につき、うごめく媚肉で雄を最奥に導く。

「——夏生、夏生……！　ああ、やっとお前と……」

尻たぶを両側から鷲摑《わしづか》みにした柊が、荒々しく腰を打ち付け始めた。

【nマイナス十九番目】

『……はぁ……っ、はっ、はあっ、はっ……』


逃げていた。

夏生は逃げていた。何度も転び、泥まみれになりながら。

靴はとうに脱げてしまった。あちこちで小石や枝を踏み付け、傷だらけになった足の裏はずきずきと痛むけれど、立ち止まるわけにはいかない。あいつはきっと夏生が消えたことに気付き、追いかけてきているはず。

あいつの家から逃げ出せたのは、奇跡に近かった。裸に剝かれそうになった時、たまたま誰かが訪ねてきて、あいつが応対に出たのだ。柊兄ちゃん、と子どもの声が聞こえたから、たぶん和夫とかいう近所の少年だろう。村に迷い込んだばかりの頃、一度だけあいさつをしたことがある。

これから犯されるところだったから、鎖《くさり》は外されていた。縛り付けなければ捕らえておけないくせに、あいつは身体をつなぐ時だけは拘束を解くのだ。合意の行為だと思い込みたいのだろうか。夏生が喜んであいつを受け容れたことなんて、一度も無いのに。

あいつが戻ってくる前に、夏生は勝手口から外に出た。村長との対面を果たしてすぐ囚われの身にされたから、頼れる人は居ない。足は集落ではなく、東の方角に見える小さな里山に向かった。もう陽が落ちかけている。夜になる前に山を抜けられれば、どこかで助けを求められるかもしれない。

……どうして、もう一度日無山に入ろうなんて思ったんだろう。

生い茂る草をかき分けていると、後悔ばかりが押し寄せてくる。

来るべきじゃなかった。皆の言う通り、あいつは十年前に死んだと思えば良かったのだ。そうすればあいつの醜い本性を知らずに済んだ。美しい思い出のまま、記憶の中に留めておけたのに。

『は…っ、あ、……あっ！』

何か硬いものを踏み付けた瞬間、足首に激痛が走った。のたうちながら地面に転がり、夏生は目を見開く。右の足首に、狩猟用とおぼしき鉄製の罠が食い込んでいたのだ。猛獣のあぎとのようなそれはしっかりと肉を噛み、夏生の力では外せそうもない。このあたりには山菜採りの村人も出入りするだろうに、どうしてこんな危険な罠が仕掛けられている？

がさりと草が揺れた。うるさいくらいだった虫の音は、いつの間にか聞こえなくなっている。

『――捜したぞ、夏生』

『ひ、……っ！』

薄闇から長身の男が現れ、夏生は跳び上がりそうになった。ばくばくと心臓が壊れそうな勢いで早鐘を打つ。

……そんな、どうして……⁉

いずれ見付かるだろうと覚悟はしていたが、何故後ろではなく、前方から現れるのか。まるで夏生がどこへ逃げるか、予測していたようではないか。

…ひょっとして、この罠も…？

『まだ逃げるだけの力が残っていたとはな。俺も少し甘すぎたようだ』

『…ち…、が…っ、…あ、やだ、来るな、来ないでっ』

夏生は必死に懇願するが、聞き入れられることは無かった。傍らにしゃがんだ柊が、夏生の浴衣の裾をまくり上げたのだ。下着は与えられていないから、裸の下肢がさらけ出される。

強引に割り開かれた尻のあわいに、怒張した柊の雄があてがわれた。罠がいっそう深く食い込むのも構わず暴れても、鍛えられた肉体にたやすく押さえ込まれてしまう。

がちゃがちゃ。がちゃがちゃ。

血まみれの罠に装着された鎖が耳障りな音をたてる。

『逃げようなんて、二度と思えなくなるようにしてやる』

『あ、…やっ、やだっ、やだやだやだ、や…ぁ…、柊っ！』

固いままの蕾を、凶器と化した雄が貫く。

濃厚な鉄錆《てつさび》の匂いにむせそうになりながら、夏生は悲鳴を上げた。


がちゃがちゃ。がちゃがちゃ。

遠くから物音が聞こえてきて、夏生は目を覚ました。着替えた覚えの無い浴衣を着せられ、布団に横たえられた身体は何故かひどく重たい。

苦労して音のする方に寝返りを打てば、濡れ縁につながる廊下に柊の後ろ姿が見えた。ガラス戸の向こうの雨戸を閉めているようだ。閉ざされた異界にも、嵐なんて来るのだろうか。

「……夏生？」

視線を感じたのか、柊はゆっくりと振り返った。薄闇に浮かび上がる長身——その手が真っ赤に染まっているように見えた瞬間、頭の中を妙にリアルな映像が駆け抜けていく。

山の中を逃げ惑う自分。罠にかかった自分を情け容赦無く追い詰め、犯す柊…。

「夏生、大丈夫か⁉」

よろりと布団に倒れ込む夏生のもとに、走り寄ってきた柊がひざまずいた。夏生を抱え起こし、壊れ物でも扱うかのようにそっと抱き締める。

「あ、……れ？」

その温もりに包まれたとたん、不吉な映像は欠片も残さず溶け去った。どんな内容だったのか、もう全く思い出せない。

「…ごめん、柊。何か、頭がくらっとして…」

「謝ったりなんかしなくていい。神花の毒が抜けたばかりなんだ。無理はせず、ゆっくり休んで」

背中を撫でてくれる手は相変わらず優しいのに、いつもと何か違う。囁く声もそうだ。昨日までは無かった蜜のような甘さをしたたらせ、鼓膜に絡み付いてくる。

「…神花の、……毒って？」

「三日前、悦子に食わされた弁当に仕込まれていた神花の毒だ。覚えていないのか？」

その問いかけが呼び水となり、悦子が訪れた時の記憶がよみがえる。

…そうだ、柊を諦めて他の男と結婚することにしたから、その前に夏生に謝り、心残りを無くしておきたいと言われたのだ。

断りきれずに悦子手製の弁当を食べたら身体が異常に熱くなって、そして…。

「………っ！」

どんっ、と夏生は柊の分厚い胸を突き飛ばす。突然の反抗に柊は緑の目を丸くしたが、夏生が顔を真っ赤に染めているのに気付き、ふっと微笑んだ。

「良かった。忘れられたわけじゃなかったんだな」

「わ…、忘れられるわけ、ないだろ…」

神花には人の命を脅《おびや》かす恐ろしい毒があるが、量によっては媚薬と同じ効果を発揮する。狂った熱に支配された夏生は柊に助けを求め、柊も応えてくれた。誰かと肌を重ねるのは初めてだったのに、何度も何度も獣のように交わって、一晩じゅう…。

……お、俺、柊と……！

幼馴染みと肌を重ねてしまったというだけでも居たたまれないのに、昨夜の乱れぶりを思い出すと羞恥のあまり死にたくなってくる。

自分から柊に縋って腰を振り、中に出して欲しいとねだるなんて…それも一度だけじゃない。何度も何度も——少し腹を押すだけで、蕾から泡立った精液がごぷごぷと溢れ出るくらいに。

「夏生…」

そうだ、あの時も柊は見詰めていた。突き出した尻から溜め込んだ精液を垂れ流させられ、尻たぶを震わせながら泣きじゃくる夏生を、欲望と愛情の混じった瞳で。お腹が空っぽになって寂しがっていたら、優しく膝に抱き上げ、衰える気配の無い雄で串刺しにしてくれた…。

「う、……っ！」

柊の顔を見ていられなくなり、夏生は頭から布団をかぶった。

穴があったら入って、ついでに地中深くに埋まってしまいたい。いくら神花の毒にやられていたからといって、あんな…あんな…！

「夏生、夏生」

布団の上から、柊はぽんぽんと頭を叩いてくる。子どもをあやすような声音に、ますます居たたまれなくなった。柊は神花の毒を抜くために付き合ってくれただけなのに、あんなに乱れてしまうなんて。

「言っておくが、俺は親切心からお前を抱いたわけじゃないぞ」

「…えっ？」

「助けたいと思ったのは本当だ。…でも神花にやられたお前を見た瞬間、これでお前を抱けるって思った。お前の中に入って、俺のものだって印をつけまくれるって」

頭から首筋、背中へと、柊の手はたどってゆく。優しいはずの手付きがどこか淫らに感じてしまうのは、経験したせいだ。その手がどんなにいやらしく夏生の官能を引きずり出すのか。…どんなに甘く、夏生を愛でるのか。

「乱暴に犯して欲しいってせがまれて、やったと思ったよ。お前は初めてなんだろうから、せめて優しくしてやらなきゃならなかったのに」

「え、……ええっ？」

夏生は思わず布団から顔を出し、柊の浴衣の膝を掴んだ。そんなこと、言った覚えなんて無い。

「嘘…、だよな？」

「どうしてこんな時に嘘を吐かなきゃならないんだ？」

柊によれば夏生は慣らしもせず背後から犯して欲しいとか、雄をしゃぶらせて欲しいとか、柊の前で溜め込んだ精液をひり出したいとかねだったらしい。…もちろん、全く身に覚えは無いが、柊がそんな嘘を吐くわけもない。

呆然とする夏生の頭を、柊は優しく撫でた。

「お前のせいじゃない。お前はあの時、神花のせいでおかしくなっていたんだ」

「で、でも…お前、ずっとそんな俺の相手を…」

「言っただろ、役得だって。…死んでもいいくらい嬉しかったよ。たとえお前が忘れてしまっても、お前に俺を求めてもらえたことが」

緑の双眸に熱情の炎が宿る。布団という殻《から》から出てしまったことに今さらながら気付き、慌てて引っ込もうとするが、その前にしっかりと腕を掴まれてしまった。

「わ……っ！」

そのままずるずると引っ張り出され、胡座をかいた柊の膝に向かい合う格好で乗せられる。とっさに逃げようとしたのを見抜かれたのか、腰に逞しい腕が巻き付いた。

「う、あぁ…」

「夏生、こっちを見て」

そんなことを言われても、素直に従えるわけがない。愛おしそうな眼差しも囁きも腰を抱く腕も、全てが甘ったるすぎる。こんなの絶対、幼馴染みにする態度じゃない。

「夏生。……頼むから、俺を見て」

強引に振り向かせるなんて簡単だろうに、柊は耳元で訴える。

切ない響きに引き寄せられてそろそろと向き直り、夏生は動けなくなった。焼き焦がされてしまいそうな緑の双眸に、からめとられて。

「好きだ、夏生」

「っ…、あ、あっ…」

「忘れてしまったのなら、何度でも言う。…お前を愛してる。俺にはお前だけだ。お前のためなら、どんなことでもしてみせる」

断片的な記憶の中に残るどんなものよりも、告白は甘かった。溺れたら二度と這い上がれない、蜜の沼のように。

「…俺の思いは、迷惑か？」

「そ、そんなわけない……！」

苦しそうにまぶたを伏せられ、夏生はがばりと顔を上げた。胸元でエメラルドのペンダントが揺れる。

「俺、……神花でおかしくなって、助けてくれたのが柊で良かったと思ってる。他の奴だったら、今こんなふうに落ち着いてなんかいられなかった」

「夏生、それは…」

「わからない。…わからないんだ。悦子ちゃんにお前のペンダントを奪われそうになった時、絶対に渡すもんかって思った。俺以外の奴がこのペンダントをするなんて、許せなかった。でも…」

——この気持ちが何なのかは、わからない。

自分でももどかしくなる答えに、柊は苛立ったりはしなかった。むしろ喜色を滲ませ、夏生を抱き締める。

「今はまだそれでいい。俺を嫌ったり、拒んだりさえしなければ」

「…そんなの、絶対に無いよ。俺、柊が居なけりゃどうやって生きていけばいいのかわからないもん」

決して大げさではない。柊が目の前で消えてからの十年、毎日柊を思いながら暮らしてきた。この小田牧村でも、柊という後ろ楯が無ければ平穏な生活は難しいだろう。

大きな手があやすように背中をさする。

「お前はここに居てくれるだけでいいんだ。何もする必要なんて無い」

「…さすがにそれは、俺に甘すぎるだろ…」

「甘やかしたいんだからいいんだよ。どのみち今日の裁判が終わって悦子たちが刑に処されるまでは、お前を外に出すつもりは無い」

裁判。刑に処される。

冷たい響きの言葉に首筋がすっと冷え、同時に思い出した。和夫を追い出す時、悦子を牢に入れておくよう柊が命じていたことを。しかも、殴られた頬の治療を禁じた上で。

それだけでも十五歳の少女にはじゅうぶん酷だろうに、裁判にかけられるなんて。確か小田牧村の裁判は、裁判官も検事も村長が務める公平性皆無のシステムだったはずだ。神花を盗み出すのは大罪のようだから、少女であろうと重い罰が下されるだろう。

…いや、それ以前に、悦子はどうやって神花を手に入れた？

神花を栽培している村長の邸の花壇は施錠などされていないが、あの日は酒盛りだった。集まった大勢の村人たちの目を盗み、花壇に接近するのは至難の業だったはずだ。女の悦子は、酒盛りには参加出来ないのだから。

謎はそれだけではない。

「……柊」

「何だ、夏生？」

「昨日、お前と和夫くんはどうしてあんなタイミングで駆け付けてくれたんだ？」

弁当を食べ終える前に二人が助けに来てくれたから、夏生は媚薬の症状に苦しむだけで済んだ。だが二人はどうやって、悦子が夏生に神花入りの弁当を食べさせようとしていることを知ったのだろう？　柊はずっと村長の邸に居り、悦子の動向を把握なんて出来なかったはずなのに。

「……和夫が教えてくれたんだ」

答えてくれるまでは引き下がらないつもりでじっと見詰めていると、やがて柊は根負けしたように息を吐いた。

「和夫くんが？」

「ああ。悦子が珍しく料理をしているのでこっそり見ていたら、神花を刻んで釜に入れるところを目撃してしまったそうだ」

神花に毒があることは、村人なら誰でも知っている。悦子は嫉妬のあまり夏生を毒殺するつもりなのではないかと和夫は危ぶみ、酒盛り中の柊のもとに駆け込んだのだそうだ。そして柊が家に引き返すと、夏生は媚薬に苦しんでいた…というわけである。

悦子が神花を盗み出し、夏生を毒殺しようとした件が伝わると、酒盛り中の村人たちは蜂《はち》の巣をつついたような騒ぎになった。というのも——。

「神花を花壇から盗んだのは、粕谷さんの息子の清だった」

「…その子、確か悦子ちゃんと結婚が決まったんじゃなかったか？」

「自分のために神花を取って来てくれたら結婚してもいいと、悦子が清に持ちかけたそうだ。清が言うには、一度でいいからおだまき様の花を間近で眺めたいとせがまれたらしい」

恋に目がくらんだ清は、悦子の言い分を疑いもしなかった。だから世話好きな父親を焚《た》き付け、酒盛りの前に夏生のもとへ寄らせ、その間に花壇に忍び込んで神花を盗み出したのだ。

その足で悦子に届けた後は何食わぬ顔で酒盛りに参加していたのだが、夏生が殺されそうになったと知ると狼狽《ろうばい》し、自ら神花を盗んだことを白状したらしい。今は悦子とは別の牢につながれ、判決を待つ身だそうだ。

「…だから昨日、いきなり粕谷さんが来たのか…」

「昨日じゃないぞ、夏生。三日前だ」

「え……」

「さっきから言ってるだろう？　お前が毒を盛られてから、もう三日経ってるんだ」

——三日前、悦子に食わされた弁当に仕込まれていた神花の毒だ。

そうだ、確かに柊はそう言っていた。でも三日？　一晩の出来事だと思っていたのに、実際は三日もの間、自分と柊は交わり続けていたというのか？

「…っ…、う……」

柊の膝に乗っているのが恥ずかしくてたまらなくなり、降りようとしたら、尻を両側から鷲掴みにされてしまった。ちょうどこんな体位で貫かれたのを、おぼろげに覚えている。柊もきっと忘れていないだろう。

「夏生……」

「うひゃ、ひゃいっ！」

むにむにと尻たぶを揉み込まれながら囁かれ、声が裏返った。

今さら気付いたが、引き締まった腰をまたぐような格好をさせられているせいで、はだけた浴衣の裾から太腿が丸見えだ。同性の友人に見られたって恥ずかしくなんてないはずなのに、頬が焼けそうなくらい真っ赤に染まってしまう。

……おかしい…、俺、おかしい…っ…！

まだ神花の毒が抜けきっていないのだろうか。心臓までもがどくどくと弾けそうな勢いで脈打ち始めた。このままでは、このままでは…。

「お前が眠っている間、村長と何度か話し合ってきた。…今回の一件、村長はとても怒っている。悦子にも清にも、最も重い罰が与えられるだろう」

「最も重い罰って…、まさか……」

「――死刑だ」

ひゅっと喉が鳴った。…死刑？　元の世界にも死刑は存在したが、それは命で償うしかない大罪を犯したから課されるものだ。

「悦子ちゃんも清くんも、神花を盗んで俺に喰わせただけだろう。それだけで死刑なんて…」

「そう思うのはお前だけだ。他の村人は……悦子と清の両親さえ納得している。おだまき様のお恵みで人を殺そうとした罪は、命でしかあがなえないとな」

「そんな……！」

青ざめる夏生を布団に寝かせ、柊は台所からおにぎりとお茶、味噌汁の載った盆を運んできた。

出汁のいい匂いにくぅっと腹が鳴り、夏生は三日間ほとんど何も食べていないことを思い出す。

「腹ごしらえをして眠っていろ。俺はその間に、裁判の手伝いをしてくる」

「俺も…っ」

「お前は駄目だ。…二度と、お前とあいつらを会わせたくない」

取り付く島も無く、柊は寝室を出て行ってしまった。

慌てて追いかけようとするが、閉ざされた襖は開かない。居間に通じる方の襖もだ。どうやら外側からつっかい棒でも噛ませてあるらしい。

……嘘だろ、閉じ込められた⁉

めまいに襲われそうになるが、ここで大人しく布団に横たわっているわけにはいかないのだ。夏生はこうして生きているのに、年下の二人が死刑になるなんて寝覚めが悪すぎる。

もちろん殺されかけたことに憤りはあるが、償うなら命以外の方法にして欲しかった。村人全員が死刑に納得しているとしても、殺されかけた張本人である夏生が減刑を嘆願すれば、あるいは二人は死刑を免れるかもしれない。

おにぎりを頬張りながら、夏生は必死に頭を回転させる。襖を蹴破ることは可能だろうが、柊のことだから玄関や勝手口などには外側から鍵をかけているだろう。濡れ縁のガラス戸も雨戸が閉じられていた。どこかそれ以外で、外に出られる場所は…。

「…う…っ…」

鈍く痛んだ頭に、じわりと何かの映像が滲んだ。

古い箪笥《たんす》が置かれた和室……この部屋だ。全裸に浴衣を羽織っただけの夏生が箪笥の前の畳を持ち上げる。下の床板は釘が緩みきっており、簡単に外すことが出来た。ぽっかりと開いた穴から床下へ、半裸の夏生が潜り込んでいく……。

「い、…今のは？」

ぶるりと頭を振った瞬間、映像は弾け飛んだ。激しい動悸《どうき》に襲われつつも、夏生は映像の中の自分の行動をなぞってみる。

「あっ……！」

果たして、少し力を入れるだけで床板は綺麗に外れてしまった。恐る恐る床下を覗き込んでみれば、奥の方が明るい。

柊が箪笥にしまっておいてくれたTシャツとズボンに着替え、夏生は床下に下りた。靴が無いのは痛いが、玄関には行けないのだから仕方無いだろう。四つん這いになり、何本もの床束《ゆかづか》を避けながら明るくなっている方へ進んでいく。

「……、出られちゃったよ……」

抜け出た先は、濡れ縁の奥にある庭だった。久しぶりに浴びる太陽の光がまぶしくて、夏生は手をかざす。

……何だったんだ、さっきのは？

白昼夢――にしてはやけにリアルだった。まるで過去に体験した記憶が、にわかによみがえったかのような…。

「…っ、いや、そんなこと考えてる場合じゃない…！」

夏生はあちこちに付いた土ぼこりをはたき落とし、走り出した。目指すのはもちろん、村長の邸だ。何度か柊に連れて行かれたから、道筋は覚えている。

太陽の位置からして、今はまだ昼過ぎくらいだろう。いつもなら村人たちは農作業に精を出している頃合なのに、誰とも遭遇しないのが不気味だった。しんと静まり返った村の中は、まるで腹を空かせた獣の胃袋だ。村を囲む霧の壁は不吉に蠕動《ぜんどう》しているのに、人間の姿はどこにも無い。

「はぁ…っ、は、は…っ…」

地面が舗装されていなかったおかげで、何とか怪我もせず村長の邸にたどり着けた。周囲に人影は無く、外から見た限りどこの窓も締めきられているが、異様な熱が分厚い壁越しにむんむんと放たれているのを感じる。

夏生は息を整え、ガラスの嵌め込まれた引き戸に手をかけた。

――からり。

予想に反し鍵はかかっておらず、何の抵抗も無く開いた隙間から身を滑り込ませる。以前と同じく薄暗い室内には誰も居なかったが、どこへ行けばいいのかはすぐにわかった。

外でも感じた熱気が、廊下の奥からここまで漏れ出ている。村長と対面した、あの気味の悪い祭壇の部屋だ。

「う……っ」

音をたてないよう注意しながら芋環の描かれた襖を細く開け、夏生は手で口と鼻を覆った。呼吸を控えめにしなければ、混ざり合う甘い匂いと人いきれにむせてしまいそうだ。

赤い灯籠の光がたゆたう座敷には、苧環を手にした村人たちがぎっしりとひしめいていた。幼い子ども以外は、ほぼ全てが集められたのではないだろうか。

誰もが固唾《かたず》を呑み、赤い糸をぐるぐる巻かれた祭壇に——その前に座す村長と、後ろ手に縛り上げられ、ひざまずかされた悦子と清を見守っている。悦子は三日前と同じ服装のまま、少し腫れた顔に猿ぐつわを噛まされていた。

……柊はどこだ？

村長代理なのだから、村長の近くに居ても良さそうなのに、柊の姿はどこにも無かった。きょろきょろと視線をさまよわせ、夏生は叫びそうになる。壁一面に無数に打ち付けられた紙人形は、全身を真っ赤に染めていたのだ。以前は頭だけが赤かったのに。

「……おだまき様に代わり、裁きを申し渡す」

縫い閉じられた村長の仮面の口から、しわがれた声が漏れた。悦子と清の背中に緊張が走り、村人たちは無言のまま前のめりになる。テレビもインターネットも無いこの村では、裁判すら娯楽の一つなのかもしれない。

「澤田家の悦子、粕谷家の清。両名とも死刑」

柊の予想通りの罰が宣告されると、どさり、と最前列に座る女性が倒れた。

母ちゃん、と泣きそうな顔で縋るのは和夫だ。ならば倒れた女性の横に正座し、ぐっと拳を握り締めているのは悦子の父親か。他の村人たちは普段着だが、この三人と清の背後に座る粕谷だけは全身黒い服を纏っている。

……あれは、喪服の代わりか？

「…な…、納得出来ません！」

膝立ちになり、声を上げたのは清だった。隣の悦子を乱暴に顎でしゃくってみせる。

「俺はこの女に騙《だま》されたんだ！　神花で新しい流れ人を殺すつもりだったなんて知ってたら、絶対盗んだりしなかった！」

「やめろ、清！」

ぴくりと村長が右手を震わせるのを見て、躍り出た粕谷が清の横っ面に拳を叩き込んだ。吹き飛ばされた清は悦子を下敷きにして畳に転がるが、すぐに身を起こし、血走った目で父親を睨む。

「何でだよ、親父！　息子が可愛くないのかよ……!?」

「おだまき様に逆らう奴なんざ、息子でも何でもねえ！　だいたい騙された、騙されたって騒いでるが、神花を盗むこと自体大罪なんだ……！」

粕谷はけんもほろろに言い放つが、その目尻にはかすかに涙が滲んでいた。息子が悦子の巻き添えを喰らって処刑されることに、心から納得しているわけではないのだろう。だが他の家族を守るため、清を切り離さざるを得ない。

「う……、ふ、ぐぅぅっ……」

悦子が清の下でしきりに唸《うな》っている。猿ぐつわが無ければ、身勝手な言い訳を喚き散らしているだろう。

いや、実際にそうだったから猿ぐつわを嚙まされたのかもしれない。綺麗に手入れされていた髪を振り乱し、ふうふうと荒い息を漏らす姿は、三日前とは別人のようだ。

「——裁きに異議のある者は？」

目の前の修羅場など無かったかのように、村長は居並ぶ村人たちに問いかけた。

声を上げようとした和夫を父親が引きとめ、無言で首を振る。静かに列に戻った粕谷が、震える唇を噛み締める。

「行ーきー行ーきーかーえーるー」

老いた村人が歌い、苧環を振った。

「くり返しー、巻き戻しー、満ち満ちぬ―」

残りの村人たちも唱和し、ゆっくりと苧環を揺らし始める。参加しないのは悦子の両親と和夫、そして粕谷だけだ。

うつむく彼らを真綿で締め上げるように、不思議な歌は座敷に反響しながら音量を上げていく。

壁に打ち付けられた紙人形が、真っ赤な身体をかすかに震わせる。

――赤い、紅い。

全てが真っ赤に塗り潰されていく。

「其ーはー、おだまき様のー、御業なりー」

絡み付くような余韻《よいん》を残し、歌は終わった。村長が右手を挙げると、最前列に座していた若い村人の男が二人、無言で進み出る。

「ううう、っ！　ううーっ！」

「いっ、嫌だ、嫌だ！　誰か、誰か助けて！」

抵抗をものともせず、二人はそれぞれ悦子と清の首に縄をかけた。長い縄は首を何周もしてもなお二メートルほどの長さが余っている。

……何だよ……、あれ。あれじゃあ、まるで……。

口元を覆った指の隙間から震える息が漏れる。二人の村人が縄の先端を持って立ち上がると、村人たちは波が引くように座敷の脇へ寄った。座敷の真ん中にぽっかりと空いた隙間に、年老いた女性の村人がむしろを広げる。

対面の時には緊張していて気付かなかったが、むしろの上には欄間《らんま》があった。でも、変だ。周囲の枠だけを残し、長方形の穴が空いている。底辺の部分には何かが擦れたような跡が黒く刻まれ、わずかにすり減っている。

二人の村人は悦子と清を無理やり立たせ、欄間の下まで引きずっていった。縄の先端を長方形の穴にくぐらせ、反対側へ通す。

「裁きを実行せよ」

村長が短く命じると、悦子の両親と和夫、そして粕谷がよろよろと縄を持つ村人のもとへ歩いていった。悦子の母親はどうにか意識を取り戻したが、今にもまた倒れてしまいそうだ。そんな母親を、真っ赤な目の和夫と父親が支える。

「あ……」

引きつった呻《うめ》きがこぼれる。…まさかと思いたかった。いくらここが元の世界の常識なんて通用しない異界だとしても、そこまではやるわけがないと。

でも。

「行ーきー行ーきーかーえーるー」

二人の村人が、口ずさみながら縄の先端を手渡した。悦子の縄は悦子の両親と和夫が、清の縄は粕谷が持つ。

「くり返しー、巻き戻しー、満ち満ちぬー」

進み出た白髪の老人が、粕谷と一緒に清の縄を握った。面差しが似ているから血縁者なのだろう。目礼する粕谷に、気にするなとばかりに首を振ってみせる。

「其ーはー、おだまき様のー、御業なりー」

縄を持つ全員が歌い終え、両手に力を込めた。

反対側から引っ張られ、縄は無防備な首にぎりぎりと食い込みながら悦子と清を少しずつ宙へと吊り上げていく。縄を渡された欄間が不吉に軋む。

……これじゃあ、本当に絞首刑じゃないか！

「やめろおぉぉぉぉっ！」

夏生は絶叫し、襖を蹴破った。

苧環を振っていた村人たちがいっせいにこちらを振り返る。ほうぼうから突き刺さる視線に耐え、村人たちをかき分けながら、夏生は村長の前に飛び出す。

「今すぐやめさせてくれ！　いくら何でも、あんなのやりすぎだ……！」

ただ死刑というだけでも酷なのに、よりにもよって村人たちの見守る中、家族に絞首を実行させるなんて。おだまき様の教えだか何だか知らないが、狂っている。

「……流れ人が……」

「生きている…本当に助かったのか…」

「神花の毒を盛られたはずなのに……」

ひそひそと囁き合う村人たちは、おそらく神花が量によっては媚薬の効果を発揮することを知らないのだろう。村長を含め、ごく一部の人間しか知らないと柊も言っていた。夏生が助かったことも、半信半疑だったのかもしれない。

「……やめろと言うか？」

村長は闖入者《ちんにゅうしゃ》に小揺《こゆ》るぎもしない。

縫い付けられた眼窩《がんか》の奥には闇が渦巻いており、まるで感情が読めなかった。こんな時、柊が居てくれれば――弱音を吐きそうになる心を叱咤し、夏生は頷く。

「俺はこうして生きています。あの二人に、命で償って欲しいとは思いません」

「……夏兄ちゃん……」

小さな呟きが漏れる。振り返った肩越しに、今にも泣きそうな和夫と目が合った。大丈夫だからと合図し、村長に向き直る。

「もちろん、この村のルールに…おだまき様に逆らうつもりはありません。でも、罰というのなら、もっと軽い罰でもいいはずじゃないですか」

「…神花を盗んだ者は死刑。それがおだまき様の神意だ。誰であってもくつがえせぬ。お前はおだまき様の導きで招かれた者でありながら、神意に歯向かうか？」

仮面の下の口が、意外なくらいなめらかに言葉を紡ぐ。しわがれてはいても張りのある低い声だ。祖父母くらいの高齢かと思っていたが、もう少し若いのかもしれない。

「おお…、おだまき様に盾突くとは恐ろしい…」

「柊はちゃんと教育をしていたのか？」

「神花の毒にあたり、頭がおかしくなってしまったのでは…」

村人たちの刺々しいざわめきが甘ったるく熟した空気をうねらせる。

その匂いの源は、祭壇に飾られた神花…なのだろうか。対面の時は、こんなにも強烈な匂いを放ってはいなかったと思うのだが。

……柊……！

くらりとめまいがして、夏生はペンダントをTシャツの上から握り締めた。硬くひんやりとした感触が、ぶれかけた意識を引き戻してくれる。

……考えろ。考えるんだ。どうすれば、あの二人を死なせずに済むか。

柊ならこんな時、どうするだろうか。必死に頭を回転させながらペンダントをまさぐるうちに、ぴんとひらめくものがあった。

……そうだ。おだまき様の神意が第一だっていうのなら……。

「――神意に歯向かってるんじゃありません。従ってるんです」

夏生はペンダントから手を放し、まっすぐに村長を見据えた。村人たちが大きくざわめく中、村長は仮面の奥の目を瞠《みは》った――ように見える。

「神意に従っている、とは？」

「俺は強い毒のある神花を食べさせられたのに、死にませんでした。それはきっと、おだまき様が俺の死を望まなかったからだと思うんです。…つまり、俺が今こうして生きているのは、おだまき様の神意なんじゃないですか？」

村長は無言だが、おお……、と村人たちはどよめいた。さっきよりもだいぶ反応が好意的になっている気がする。やはり『おだまき様の神意』こそが彼らを動かす鍵なのだ。

「おだまき様の神意に生かされた俺が、あの二人を死なせたくないと願っている。これもおだまき様の神意と言えるんじゃありませんか？」

「…………」

村長はきっと、柊から報告を受けているだろう。夏生は神花の毒を中途半端に摂取し、媚薬の症状に苦しめられたと。決して、命の危険にさらされたわけではないことを。

だが、ここで真実を暴露したりは出来ないはずだ。神花に媚薬の効果もあることは、村長と一部の人間しか知らない機密事項なのだから。

「…うぅ…、…ぐ、っ…」

「ん……、ううっ……」

背後から聞こえる苦しげな呻き声に、焦燥《しょうそう》を煽られる。こうしている間にも、悦子と清は少しずつ宙に吊り上げられていくのだ。その両脚が床から完全に離れれば……。

「——一理ある」

村長がそう告げるまで、おそらく一分もかからなかっただろう。

だが夏生にとっては数十分にも、数時間にも等しかった。我が手で肉親を絞殺しなければならなかった家族たちや、悦子と清にとってはさらに長く感じられたに違いない。

「おだまき様の祭司として、神意を酌まないわけにはいかない。しかし同時に、神花で人を殺めかけた罪は償われなければならぬ」

「…だとしたら…？」

夏生のみならず、居合わせた全員がごくりと息を呑む。

村長は腕を振り、幾重にも重ねた着物の袖をひるがえらせた。その手には、村人たちが持っているものより一回りほど小さく、紅い糸の巻かれた苧環が握られている。

苧環の先端が、死刑を宣告された二人を指した。

「神意により、死刑を中止する」

「あ、……あぁ、あああっ！」

ほとばしった涙交じりの歓声は悦子の家族と、粕谷と親族の男性のものだ。

全員がいっせいに縄から手を離し、悦子と清は首に縄を巻き付けたまま宙吊りから解放される。どさりとむしろの上に投げ出される二人に、それぞれの家族が泣きながら縋り付いた。

「その代わりに、澤田家の悦子には倉林《くらばやし》家の誠《まこと》との結婚を命じる。粕谷家の清には、向こう十年間の労役を」

「……っ！」

続けて村長が新しい裁きを告げると、母親に抱き起こされていた悦子が嫌悪に顔をゆがめた。

労役というのは、おそらく村のために見返り無しで働けということなのだろう。変化の無い村でも傷んだ家の修理や里山の整備、害獣の駆除など、やるべき仕事は意外にたくさんある。自分の生活そっちのけでそれらの仕事に十年も専念しなければならないのは、若い清には重い罰だ。とはいえ命を奪われるよりははるかにましだから、清も粕谷も喜びの涙を流している。

……でも、死刑の代わりに結婚って？

村長は何を考えているのか。その答えはすぐに判明した。村長に促され、倉林家の誠が悦子の傍に進み出たのだ。

「神意、しかと承りましてございます」

ありがたそうに村長を拝む倉林は小田牧村の人間としては珍しいくらい肥《こ》え太り、頭は半分禿《は》げ上がっていた。ぱっと見でも悦子より一回り以上、ひょっとしたら二十以上年上だろう。てかてかした好色そうな顔立ちはどこか蛙《かえる》を思わせ、柊とは似ても似つかない。

「澤田んちの悦子ほどの器量良しが、倉林の種馬と番わされるとはねえ」

「死ぬよりはましでしょうよ。倉林なら毎年でも子を孕ませてくれるだろうし」

近くの女性たちがひそひそと話している。倉林という男は亡くなった妻との間に五人の子どもをもうけ、さらに新しい妻を望んでいたらしい。

若い娘たちは誰もが忌避していた男のもとに、村長は悦子をあてがったのだ。思い続けた柊と結ばれず、年上の子持ちの男と結婚させられる。ある意味、悦子にとっては死ぬよりつらい罰かもしれない。

「村長…、ありがとうございます」

「ありがとうございます……！」

ひとしきり無事を喜び合った悦子と清の家族が、村長の前にひざまずいた。和夫は下げた頭をこちらに傾け、夏生に感謝の眼差しを送ってみせる。

……よ、良かった……！

緊張しきっていた身体から、一気に力が抜けていく。失敗していたら、目の前で悦子と清が縊《くび》り殺される光景を目撃するところだったのだ。

へたり込む夏生に、村長はちらと視線を投げた。

「礼ならあの者に申すがいい。私は神意に従っただけだ」

「あ、……ありがとうございます！」

悦子の両親と和夫、そして粕谷と親族の男性が揃って夏生の方を向き、畳に頭を擦り付ける。

他人に土下座されるなんて生まれて初めてで、ただでさえ居たたまれないのに、熱っぽさを増した村人たちの眼差しに困惑してしまう。

……この人たち、どうしちゃったんだ？　さっきまでは『余所者め！』って感じだったのに。

お礼攻めにされる夏生は、気付かなかった。

倉林に手を取られた悦子が、殺気にみなぎる目を向けていたことに。


裁判は終わり、村人たちは帰っていった。清も粕谷に連れられて帰宅し、明日からさっそく労役を始めるらしい。

悦子は倉林家への嫁入り支度が整うまでの間、牢に監禁されることが決まった。裁判の前に入っていた牢は罪を犯した者を閉じ込めるための狭い独房だが、今度移されたのは村長の邸の離れにある座敷牢だ。外側から施錠され、外出や監視役以外との面会も禁じられる。

しかし村長の許可を得れば差し入れなどは許されるため、独房と比べたら天国だろう。嫁入り支度は母親が整え、牢から直接倉林家へ嫁ぐことになる。もう二度と実家には帰れないのだと、中年の女性の村人が帰り際に教えてくれた。

「…それは、ちょっと可哀想な気が…」

「何おっしゃってるんですか。あの生意気な小娘にはもったいないくらいの施しですよ」

「そうそう。おだまき様の御使いに、命を助けて頂いたんですから」

まくしたてる女性に、連れの老女もうんうんと頷きながら同意する。

……おだまき様の御使い？

それは誰のことだと確かめる前に苧環の描かれた襖が開き、柊が現れた。焦燥しきった表情に、空気を読んだ女性と老女はあいまいに笑いながら退散していく。

「しゅ……」

「夏生！　……夏生っ！」

名を呼ぶ前に長い腕が縄のように巻き付いた。きつく抱きすくめられ、息苦しさにもがいても、柊は腕を緩めてくれない。むしろ逃がすものかとばかりに深く抱き込まれる。

「……お前が裁判に現れたと聞いて……、心臓が止まるかと思った……」

「ご、……ごめん。でも、どうしても放っておけなくて……」

身体が軋むくらい強く抱かれて苦しいのに、浴衣越しに伝わる体温と鼓動が心地良い。

全身の強張りがどんどん抜けていって、自分がどれだけ緊張していたのかを思い知る。そういえばほんの一時間くらい前までは眠り込んでいたのだ。そしてさらにその前は、柊と…。

「…っ…、あ、……」

「夏生？　…気分が悪いのか？」

「うっ、ううん、大丈夫。大丈夫だから」

真っ赤に染まっているだろう頬が恥ずかしくて、夏生は勢いよく首を振る。こんな時に柊との濃厚すぎる交わりを思い出していたなんて、絶対に言えない。

「その、…柊は今までどこに居たんだ？」

「村長の部屋に控えていた。俺はあくまで代理だからな。裁判のように村長にしか執り行えない儀式の際には、姿を見せないようにしている」

村長との最初の対面に同席しなかったのは、そのせいもあるのかもしれない。裁判の時、柊がここに居たら——想像し、夏生はさっと青ざめる。

「…ごめん、柊」

「何……？」

「俺、…お前をとんでもない目に遭わせるところだったかもしれない…！」

神花の毒から生き延びたのはおだまき様の神意だから、夏生が悦子と清に死なないで欲しいと願うのも神意。そんな理論が通用したのは、おだまき様の祭司である村長が受け容れてくれたからだ。もしも夏生の主張こそ神意に逆らうものだとされ、罰を受けることになったら、世話役を申し付けられた柊も巻き添えを喰らったかもしれない。

神花を盗み出しただけで死刑なのだ。神意に逆らった罪は——。

『行ーきー行ーきーかーえーるー』

うわん、と老若男女の入り交じった歌が羽虫の羽音のように頭の中で反響する。

首筋をぐるぐる巻きにする縄。宙吊りにされていく身体…。

「ごめ…、んっ、…柊、ごめん…」

「…、夏生…」

「お前が、…お前が死んじゃったら、俺は……っ」

悦子と清を助けられるのは自分だけだと、意気込んでいた少し前の自分を殴ってやりたい。柊が夏生を家に閉じ込めていったのは、きっと連れて行けば裁判に口を出すと…自分の身が危うくなりかねないと、予想していたからに違いないのだ。

二人を助けたことは後悔していない。でも…、でも柊がそのせいで命を奪われてしまったら…！

「……俺も、同じ気持ちだったよ」

低く甘い、だが狂おしい熱のこもった囁きが落ちた。はっと顔を上げた瞬間、緑の瞳に心ごと縛り付けられる。

「お前が神花を食わされたかもしれないと和夫から聞いた時、俺も今のお前みたいに震えてた。最悪の想像ばかり頭を巡って、心臓は壊れそうで……生きてるお前を見た瞬間、安心と悦子への怒りで狂いそうになった」

「…しゅ、う…」

「お前が死んでいたら、俺はあの場で悦子を殺していた。…いや、無事であっても殺しただろうな。あいつが今日の裁判まで生き延びられたのは、お前が俺に助けを求めたおかげだ」

緑の瞳が深みを帯びる。夏生を溺れさせようとでもするかのように。

「だから今日も、お前だけは絶対に連れて来たくなかった。お前と悦子が同じ空間に居るところを見たら、今度こそ殺してしまっただろうからな」

「…俺に裁判の邪魔をさせたら、罰を受けると思ったからじゃないのか？」

「罰？　……そんなものはどうでもいい。俺は、お前を脅かす全てのものが許せない。この手で葬り去ってやらなければ気が済まない」

この上無く物騒なことを言っているのに、ゆっくりと背中を撫でる手はどこまでも優しい。

……まるで、結界だ。

真っ赤な紙人形が打ち付けられた壁。縄が通されたままの欄間。紅い糸の巻かれた祭壇。猛毒を含んだ神花。天井に揺らめく灯籠の紅い光。

不安をかき立てられるものしか存在しないこの部屋で、柊の腕の中だけが平穏だ。

「夏生…、…頼む。俺から離れないで」

喉を震わせ、柊は夏生の項に顔を埋めた。吹きかけられる熱い吐息に、心臓が跳ねる。

「この村に流されて…会えないままなら諦められた。けどお前は来てくれた。…だから、諦めきれなくなった」

「柊…、俺は…」

「まだお前が元の世界に未練を持ってるのはわかってる。簡単には思い切れないことも。でも俺にはもう、お前だけしか居ないんだ。――この村でも、元の世界でも」

そんなことはない、と反論は出来なかった。父親も母親も自分の帰還を望んでいないと、柊は八歳の頃すでに悟っていたのだ。

そして夏生のせいで異界に迷い込んでもなお、夏生を待ち続けてくれた。夏生は十年ぶりに会った柊がわからなかったのに、柊は一目で気付いてくれた。

柊が大切な人にあげるつもりだったというペンダントを、悦子には…いや、誰にも渡したくなかった。柊にとって大切な存在は、自分だけでありたかったたから。他の誰かが柊に抱かれるなんて、許せなかったから…。

神花の甘い匂いが、胸に降り積もっていたものを溶かしていく。理性もためらいも戸惑いも。

柊が失われてしまうことを考えるだけで息が止まりそうになる。この腕と温もりにずっと包まれていたいと願う思いが、柊と同じだというのなら。

「俺…、…きっと柊が好きなんだ」

「……っ⁉」

自然に漏れた呟きに、柊はがばりと顔を上げ、夏生の肩を摑んだ。勢い余って頭をぐらぐらと揺さぶられ、目を白黒させる夏生に構わず、期待と緊張を孕んだ顔を近付けてくる。

「今のは…、本当か……？」

「あ、…しゅ、柊…」

「本当だと言ってくれ。お前も、俺が好きだと……夏生……」

そっと肩を解放し、一歩、柊は後ろに下がった。無言で差し出された手はごつごつとして大きく、かつての幼馴染みとは似ても似つかない。

――僕はずっとこのままがいいんだ。ずっとずっとこのまま、夏生と一緒に居たい。そのためなら、異界に行ったっていい。

けれど夏生だけを求める緑の瞳は、十年前と少しも変わっていなかった。あの時も今も、柊が望むのは夏生と共に在ることだけ。

……ああ、そうだ。

理解した瞬間、頭の中の霧が晴れていく。…ずっと疑問だった。吉川の遺体が沼に浮かび、数多の取材陣や野次馬が日無山に押し寄せたのに、自分だけがこの村に迷い込んでしまったことが。

……また、この手を取るためだったんだ。

十年前に離してしまった手を再び握り締め、今度こそどこにも行かせないために、夏生はこの村に呼び寄せられたのだ。

「……好き……」

夏生は柊の手を引き寄せ、胸元に抱き締める。十年の間、苛まれ続けてきた傷が、すうっと癒えていった。…大丈夫。もう絶対に離さない。

「俺も、お前が好きだ。柊……」

「…っ……、夏生……！」

くしゃりとゆがんだ顔から涙が溢れ出る前に、柊は夏生を片腕で抱き寄せた。尻たぶをいやらしく撫でられ、夏生はあお向く。柊が何を望んでいるのか、わかってしまったから。

……いいよ。何でも受け容れてあげる。柊のしたいことなら、何でも。

「ん、……ぅ、……」

心の中の声は、柊に届いたようだ。かぶりつくように重なった唇を物欲しそうに舐められ、夏生は何のためらいも無く口を開く。とたんに入り込んできた舌に、自ら舌を絡める。

「…ふ…、…んっ……」

ぐりぐりと押し当てられる浴衣の股間は、すでに熱くたぎっていた。尻たぶをむにむにと揉み込まれているせいで、身動きも取れない。全身が柊の熱にあぶられる。

尻たぶを這い上がってきた手がウエストからズボンの中に侵入し、下着をくぐった。三日間で夏生の身体を知り尽くした指先は尻のあわいに潜り込み、すぐに蕾を探り当てる。

「んぅぅっ……！」

指が中に沈むのと同時に、ごりごりと熱い股間を何度も擦り付けられる。ぬめる舌に口蓋を舐め上げられ、喉を鳴らした拍子に、口の端から呑み込みきれなかった唾液が伝い落ちた。

……あ、あ……、こんなこと、されたら……。

まだ服を着たままなのに、数えきれないほど銜え込んだ柊の雄の逞しさを思い出してしまう。根元までずっぽりと嵌められて、肉襞が擦り切れるくらい荒々しく突かれ、ひくつく媚肉に大量の精液をぶっかけられた…。

「……ぅっ！」

沈み込んだ指が腹の中にあるしこりのようなものを抉ったとたん、全身に電流のような感覚が走った。くずおれそうになった夏生を難無く支え、柊は夏生ごと畳に横たわる。

「…ぁ…、に、…今の…」

濡れた唇を震わせれば、柊は腹の中に沈めたままの指をにちゅにちゅとうごめかせながら囁く。

「お前のいいところだよ」

「いい…、ところ？」

「そう。…お前はここを俺ので突かれるたび仔猫みたいに鳴いて、もっともっとって尻を振っておねだりしてたんだ」

嬉しそうに言われても、そんな記憶は無い。

…でも、身体が覚えている。精液をひたひたに染み込まされたそこを執拗《しつよう》に突きまくられ、喉が嗄《か》れそうなほど鳴かされたことを。

「あ…んっ、あっ、ああ、あっ……」

視界の端にちらちらと壁一面の紅い紙人形たちが映り込む。ここは二人の家ではなく、村長の邸なのだ。誰かに…村長にこんなところを見られてしまったらまずいとわかっているのに、溢れる喘ぎを止められない。やめて欲しくて指をきゅうっと締め付けても、柊は口元に喜色を滲ませるだけだ。

「もっと聞かせて、夏生」

「…ぁ…っ、…な、…にを…」

「お前の声を。お前の腹が、俺を銜え込んでぐちゅぐちゅっていうところを。…三日前は俺もお前も夢中になってて、まるで余裕が無かったから…」

柊はぬぷぬぷと出し入れしていた指を引き抜き、夏生の前にかざした。すでに濡れているのは、柊が入れる前に唾液をまぶしたせいか。てかてかといやらしい光沢に、腰が疼く。

「ん……」

ついさっきまで自分の中に入っていた指に、夏生は逡巡《しゅんじゅん》もせず唇を寄せた。付け根から舌でなぞり上げ、唾液を塗り付けていく。すぐにそれだけでは足りなくなり、口全体でしゃぶり付く。

……駄目なのに。いつ村長が来るか、わからないのに。

かすかな抵抗感を、ぎらぎらと強い光を帯びる緑の双眸が奪い去る。

代わりに芽生えるのは優越感だ。ただ指をしゃぶるだけでこの男を興奮させられるのは、きっと夏生だけ――。

「あっ……」

突然指を引き抜かれ、夏生はしゃぶっていた飴玉を奪われた子どものような声を漏らした。ごくりと唾を飲み、柊は夏生の手をズボンのウエストに導く。

「脱いで、夏生」

「…え…、でも…」

本当にこのまま、ここでするつもりなのか。戸惑う夏生を、柊は逞しい腕で囲い込む。

「大丈夫。俺が隠しておいてやるから」

「隠す…」

「こうしていれば、誰もお前のエロい姿を見られない。……見るのは俺だけだ」

だから見せて、と耳元でねだられてしまったら、もう逆らえなかった。

乱れた浴衣から覗く隆起した筋肉に見惚れながら、夏生は下着ごとズボンをずり下げていく。

膝のところで引っかかってしまい、少しまごついたが、脚を曲げてどうにか脱ぐことが出来た。

絡んだズボンと下着を蹴り飛ばし、柊はさらけ出された尻のあわいに再び指を差し入れる。

「……あぁぁっ！」

そのままぐっとさっきのしこりを突かれ、ぐりぐりと抉られて、夏生はのけ反った。

目の前にいくつもの火花が弾けては消える。沸騰した血が股間に集まっていく。

「…勃ってきたな」

上擦った囁きを吹き込まれた時は、性器のことをからかわれているのだと思った。まだ一度も触れられていないのに、そこは熱を孕み、脈打っていたからだ。

けれど柊の目は、夏生の胸元に注がれていた。どうして、と視線を下げ、夏生はびくっとする。Tシャツの薄い生地に、二つの小さな突起が浮かんでいたせいで。

「尻に指を入れられると、胸でも感じるんだな」

「ち…、違っ…」

「もっとよく見せて。お前のいいところを、俺に……」

緑の瞳が妖しく揺らめく。柊の瞳と同じ色のエメラルドは邪悪なものを寄せ付けない効果があるというが、代わりに自身が妖気を帯びるのかもしれない。…だって、その目で懇願されると、身体が勝手に動いてしまう。

「……あぁ……」

震える手でTシャツの裾をたくし上げると、柊は感嘆の吐息を漏らした。だが夏生は恥ずかしくてたまらない。夏生の二つの乳首は見たことも無いくらい濃い色に色付き、ぷっくりと膨らみ、先端を尖らせていたのだから。まるで見る者の視線を引き寄せようとでもいうかのように。

「…こんな…、こんなの…」

じわりと涙を滲ませれば、柊はあやすように頬に口付けた。

「俺を覚えていてくれたんだな、夏生」

「柊…、を?」

「ここ、お前が神花でおかしくなってる間、ずっとしゃぶってたから。かわりばんこに吸いまくって、お前がもうやめてって泣いてねだるくらいに」

「何で…、そんな……」

しゃくり上げる夏生の腹の中を、長い指がぐちゅぐちゅとかき混ぜる。さっきよりも増した圧迫感に、夏生は性器から透明な雫がしたたり落ちるのを感じた。

……あ…、指、増えてる…っ…。

見なくても二本だとわかるのは、それだけ柊の指をそこに受け容れた証だ。すぐにまた濃いのをたっぷり飲ませてやるからとなだめすかされ、泡立つ精液を長い指にかき出され、早く突っ込んでと四つん這いになって尻を振った記憶がよみがえる。

「お前に、俺を刻み込んでおきたかったから」

「ひぁっ…、あっ、そこ…、駄目ぇっ…」

「俺が居ない時でも自分でいじって、俺を思い出せるように…」

しこりを二本の指で抉られ、頭が真っ白に染まる。びくんびくんと背を反らし、突き出す格好になった乳首に、柊はかぶり付いた。

「…あ、…あぁぁぁーーー…っ…！」

小さな肉の粒に甘く歯を立てられた瞬間、夏生は絶頂に駆け上らされた。張り詰めた肉茎がぷるぷると震えながら白い飛沫を吐き出し、柊の浴衣をべっとりと汚す。神花の甘い匂いに、青い匂いが交ざり合う。

「あ…、…俺…、俺っ…、こんな…」

まだ一度も触れられていないのに、尻と胸を可愛がられただけで達してしまった。たったの三日で、自分の身体はどこまで造り替えられてしまったのか。柊とこんなことになる前は、誰とも経験なんて無かったのに。

「…ああ…、可愛い…俺の夏生…」

蠕動する媚肉を指でかき分け、柊は淡い朱鷺《とき》色の部分ごと乳首に吸い付く。頭に合わせて身体を囲う腕もだんだん下がってゆき、とうとう柊の頭越しに祭壇が見えた。

「ひ……っ…」

大量に飾られた神花が熱に潤む目に触れるや、ぞわり、と背筋に悪寒が走った。あの花の毒に苦しめられたたから？　いや、違う。

「…こわ、い…」

異変を察知したのか、柊が乳首をしゃぶったまま視線だけを上げてくる。

夏生はがたがたと震える腕を伸ばし、柊の頭を胸に抱き込んだ。少し乱れた髪に顔を埋め、腹の中の指を食み締める。

「お願い、柊……俺に、お前だけを感じさせて」

腕の中の頭がぴくりと揺れる。

「お前以外の何も、考えられないようにして…早く、俺の…っ…」

——中に。中に、ちょうだい。

言い終えるより早く、ねっとりと唾液の糸を引きながら柊が唇を離した。ぎらつく緑の瞳に射貫かれ、甘いざわめきと共に理解する。どうすれば願いを叶えてもらえるか。

「…あ、…んっ…」

ずりずりと身体ごと頭を下げてゆく途中で、食み締めていた指は抜かれてしまった。ひもじさに蕾をひくつかせながら、腰のあたりで浴衣の前をはだける。

柊の雄はすでに猛り、下着を大きく押し上げていた。夏生は迷わず湿った下着をずり下げ、解放されたとたんぶるんと反り返るそれに唇を寄せる。むっとするほどの熟した雄の匂いに、からっぽの腹が疼く。

「ん……っ、う……」

熱くずっしりとした刀身を両手で支え、先走りを滲ませる先端を少しずつ口内に迎え入れていく。夏生とは比べ物にならないほど大きな雄は、夏生の口にはとうてい収まりきらないけれど、いっぱいに頬張るだけで柊を興奮させられる。小さな口をいきり立った太いものが出入りする様は柊の劣情をことさら煽るのだと、夏生にはわかっていた。

…いや、思い出した。神花の毒に支配されている間も、自分はこうして柊の股間にしゃぶりついていたのだと。

「…ん、んぅ、んっ…」

苦労して頬張った先端で、ごりごりと喉奥を突くように首を上下させる。

膨らみきった雄に口内を隙間無く満たされ、息苦しいけれど、それさえも喜びと快感をもたらすのだ。こうして柊の逞しく大きな身体に囲われていれば、神花も赤い糸でぐるぐる巻きにされた祭壇も、壁の紙人形も…不安をかき立てるものは何も見えないから。

「…夏生…、こっちを見て…」

じゅぽじゅぽと夢中で太いものを咥えていると、後ろ頭を撫でられた。

目線だけを上げようとして、夏生は腰をわななかせる。角度の変わった先端に奥を擦り上げられて。

「…ふーっ…、んぅ…っ…」

萎えていたはずの性器から、とぷ、と何かが溢れる。精液じゃない。感じすぎた時に出てしまうものだと知っていた。前も、夏生は柊のものを咥えさせられるだけで女みたいに達する身体にされてしまったから。

……前？　前って、いつだ？

ふとした疑問は、底光りする緑の瞳にからめとられるうちに霧散した。柊と肌を重ねるのはこれが二度目なのだから、前というなら神花の毒に蝕まれていた間に決まっている。

「…喉を突かれて、いったのか」

よくやったとばかりに、柊は夏生の跳ね放題の髪を撫でた。

「ふ…ぅ、…んっ……」

――そう、精液も出さずにいっちゃった。一人でする時の、何倍も気持ち良かった。

だから熱いのをちょうだいと、夏生は今にも弾けそうな刀身を扱きながらねだる。喉奥は蕾のようにひくひくとうごめき、大量の精液を流し込まれる瞬間を待ちわびていた。媚肉と同じくらい敏感な粘膜を熱い液体にあぶられる快感を、この身体はすでに教え込まれている。

「…夏生、…お前は…っ」

押し殺した呻きが聞こえたと同時に、後ろ頭を撫でていた手がぐっと夏生の顔を股間に押し付ける。自分で咥える時よりもさらに奥を強く抉られ、息苦しさを凌駕《りょうが》する快感で頭が焼ききれてしまいそうになる。

「可愛い…、可愛すぎる……」

「う…っ、ううっ、んっ、ん、んーっ」

「…早く、俺でいっぱいになれ。他の誰も、お前の中に入れないように…っ…」

荒々しく腰を突き込まれ、必死に柊の太腿に縋り付いていると、やがて膨れきった雄は最奥でひときわ大きく脈打った。

……あぁぁ…っ、柊の、柊のが……！

発射されたおびただしい量の粘液を、夏生は恍惚と受け止める。喉がごくごくと美味しそうに鳴ってしまうのを止められない。

「う……、…っ、…ん…」

放出が止まっても吸い付いた唇を離せず、腹に流れていった精液の余韻に浸っていると、促すように髪をかき混ぜられた。本当はこのままもう一度飲ませて欲しかったけれど、夏生は素直に雄を解放し、あお向けになって自ら両脚を胸につくくらい高く抱える。太いものを欲しがる蕾が、柊によく見えるように。

「…あ…、…はや、…くっ…」

もう一秒だって、柊無しではいられない。からっぽの腹を満たしてもらわなければ、死んでしまう。

「すぐだから、待ってろ」

涙目で懇願する夏生に苦笑し、柊は帯を解き、浴衣と下着も脱ぎ捨てる。

隆々とした筋肉に覆われた裸身を惜し気も無く見せ付けながら、片手で己の雄を握った。軽く数度扱いただけで、ついさっき夏生の喉を犯したばかりの刀身はたちまち充溢《じゅういつ》し、天をあおぐ。そんなものを見せられたらもう、我慢なんて出来ない。

「柊、…柊、柊っ！」

「ああ…、…夏生っ…」

「あ、……あぁぁぁーーー……！」

根元まで一気に収められた瞬間、夏生はまた肉茎の先端から透明な液体をほとばしらせていた。失禁してしまったのではと心配になるくらい大量のそれは柊の胸を汚しただけでは足りず、夏生の頬にまで飛び散る。

「はぁ…っ、…あ、…夏生、夏生…！」

好きだ、愛してると何度もうわ言のように囁きながら、柊は激しく腰を打ち付ける。

一突きごとに小柄な身体をずり上げられ、夏生はたまらず太く逞しい首筋に縋り付いた。自由になった両脚を、柊の背中に絡めながら。

「…俺も…、柊っ…」

がくんがくんと揺さぶられ、背中が畳に擦れる。まるで嵐の海に放り出された小舟のようだった。柊にきつくしがみ付いていなければ、荒海に放り出されてしまう。…嵐を巻き起こしているのは、他ならぬ柊なのに。

「好き…、…愛してる、柊…」

「夏生、……夏生！」

薄れることの無い神花の匂いも、壁一面の紅い紙人形もよどんだ空気も、もう何も怖くない。

――夏生は柊と、身も心も結ばれたのだから。

結ばれた。

やっとやっと、願いは成就した。

だが今度こそ、最後まで気を抜いてはならない。夏生もまた、かすかに記憶を引き継いでいるようだから。

俺は夏生の身体だけが欲しいんじゃない。

――絶対に、奴らの轍は踏まない。

「これでいい、……かな？」

日無山から迷い込んだ時と同じ服を身に着け、夏生は洗面所の鏡を覗き込んだ。

顔はきちんと洗い、歯も磨いた。寝起きは大爆発してしまうくせっ毛も、どうにか綺麗に整えた。くるりと一回転してみるが、服装に乱れも無さそうだ。

「何度確かめるつもりだ？」

鏡の中で、ガラス戸にもたれた柊が笑った。もう十五分は身だしなみをチェックしている夏生が、おかしくてたまらないのだろう。

「そんなに気負わなくても大丈夫だぞ。村長はつまらない礼儀にこだわるような人じゃない」

「そうかもしれないけどさあ……その、これって、結婚のあいさつに行くようなもんだろ？　気負わないなんて無理だよ」

へにょり、と眉が勝手に下がってしまう。これから夏生は村長の邸に赴き、柊との婚姻の許しを得なければならないのだ。

『夏生——俺と結婚して、俺の唯一の伴侶になってくれ』

五日前。村長の邸で何度も交わった後にプロポーズされた時には、絶対に無理だろうと思った。もちろん夏生だって柊以外と結ばれるなんて考えられないし、嬉しかったが、自分たちは男同士なのだから。

だが柊によれば、村長の許しさえ得れば、同性でも婚姻が認められるのだという。村長が許したということは、おだまき様が許したのと同じだからだ。そして柊は、村長は必ず自分たちの結婚を許すと確信していた。というのも——。

『お前はおだまき様の御使いだからな』

『は……？』

柊が言うには、神花の毒で死ななかったことにより、夏生はいつの間にかおだまき様の加護を受けたのだと…すなわちおだまき様の御使いだと、村人たちに崇められるようになっていたらしい。村長代理の柊とおだまき様の御使いである夏生が結婚することに、異議を唱える者は居ない。

そう、村長であっても。

……おだまき様の御使いって…、そういえば裁判が終わった後、どっかのおばちゃんがそんなふうに呼んでたけど……！

神様の御使いといえば、つまり天使みたいなものだろう。やたらときらきらしていて、頭に光の環《わ》っかが乗っていて、背中に白い翼があったりする。たまたま毒で死ななかっただけの、ごく平凡な男子大学生が天使なんてわけがないのに。

「まだ気にしてるのか?」

柊は夏生の真後ろに立ち、背中からそっと腕を回してきた。鏡に映る端整な顔は、五日前からずっと甘く蕩けっぱなしだ。

「言っただろう? お前は俺の天使なんだから、堂々としていればいい」

「……っ、お前、よくそんなこっ恥ずかしい台詞を言えるよな……」

かああ、と夏生は赤面してしまう。再会を果たした時から柊は夏生に甘かったが、思いを通じ合わせた今はべたべたのどろどろに甘やかしてくるようになって、恋愛初心者としては戸惑うばかりだ。普通のカップルは、こんなふうに隙あらばいちゃつくものなのだろうか。

自問自答するそばから、柊は夏生の耳朶を甘く食む。以前よりも深みを増した緑の双眸が、妖しい光を孕む。

「本当のことを言っているだけなのに、どうして恥ずかしいんだ?」

「…柊、…」

「お前よりも天使にふさわしい存在なんてどこにも居ない。可愛くて、純粋でまぶしくて愛おしくて、ずっとこの腕の中に閉じ込めておきたくなる…」

シャツの裾を慣れた仕草でくぐった手が、裸の胸に這わされる。数秒もかからず探り当てられた乳首をぐりっと指先で押し潰されそうになり、夏生はシャツの上から悪戯《いたずら》な手を叩いた。

「だ…、だから、そういうの禁止！　村長との約束、破ったらシャレにならないだろ⁉」

「そういうのって？」

「…え…」

「だから、そういうのってどういうことだ？　よくわからないから、教えてくれないか？」

ちゅうっと無防備な項を吸い上げられ、服の下の肌がほのかに熱を帯びる。ふらついた身体を難無く支え、柊は鏡の中の双眸を甘く揺らめかせる。

「…は、恥ずかしいこと言ったり、ところ構わず触ってきたりすること、だよ…っ」

柊の逞しい長身にすっぽり抱え込まれると、自分の小ささを否応無しに思い知らされてしまう。だが放せともがけばもがくほど、柊は愛おしそうに抱きすくめてくるのだ。

「俺はただ、夏生から離れたくないだけだよ」

「…離れたことなんて…、無いじゃんか…」

そう、少なくとも五日前からは、柊と夏生は片時たりとも離れていない。柊が村長代理の仕事をこなす時は必ず付いて行ったし、家に戻れば食事の間以外はずっと肌を重ねている。

……いや、食事中も……。

昨日の夕飯の途中、煮物を食べていたら突然柊の膝に乗せられ、あれよあれよという間に下だけ裸にされて猛る雄に貫かれたのを思い出す。咀嚼する姿にそそられて我慢出来なかったのだと聞かされた時には、夕食はすっかり冷め、夏生は全身精液まみれで、自分では起き上がることも出来ない有り様だった。

つながったまま風呂場に連れて行かれ、湯船に浸かりながらまた何度か抱かれ、布団に運ばれてからも交わり続けた。今朝、きちんといつもの時間に目覚められたのは奇跡だと思う。あれだけ傍に居ながら、離れたくないなんて言われても——。

「…まだ、お前は元の世界を吹っ切ったわけじゃない」

「…っ、それは…」

「責めてるんじゃない。…当たり前のことだ。俺と違い、お前には家族が…待っていてくれる人が居るんだから」

…柊の言う通りだ。家族にはサークルの夏合宿に行くと伝えておいたが、そんなものは存在しない。夏生からの連絡が途絶えれば行方不明になっていることも判明し、探し回るだろう。日無山で消息を絶ったと知ったら、柊に続き夏生までもと悲嘆するに違いない。

悲しむ家族を思うと胸が引き絞られるように痛む。家族の存在が夏生の中から消えることは無いだろう。

でも——。

「…俺は、この手を離したくないって思ったから」

腹に回された大きな手に、そっと自分のそれを重ねる。見違えるほど成長したはずの長身に、八歳の頃の幼い柊がだぶる。夏生の陰に隠れ、いつも夏生が探しに来てくれるのを待っていた…。

「お前と一緒に生きるよ。離れ離れになっていた十年が…ううん、十五年が夢だったたって思えるようになるまで」

「…それじゃあ、死んでも俺から離れられないぞ。お前が傍に居なかった時間を忘れるには、二十年や三十年ではとても足りないからな」

——死んでも傍に居ていいのか？

懇願めいた切ない囁きに、夏生はうっとりと頷いた。医者も病院も無いこの村では、若くてもいつ死ぬかわからない。魂だけになっても柊が寄り添ってくれれば、永遠に一緒だ。二度と元の世界に帰れないのなら、柊とだけは離れたくない。

「…ああ…、好きだ、夏生…」

「ぁ、…んっ、あ、……駄目！」

シャツの下でうごめく手をとっさに叩き落とせたのは、胸ポケットのスマートフォンが振動したせいだ。今日だけは絶対に遅れるわけにはいかないから、アラームをセットしておいたのである。相変わらず電波は圏外のままだが、インターネット環境が必要なアプリ以外の機能は使えるため、持ち歩いているのだ。

……リュックに手巻き式の充電器を入れておいて良かったけど、こんなことにしか役立たないなんて。

元の世界では、暇になれば何となくスマートフォンをいじっていたのが嘘みたいだ。柊と居るとすぐに眼差しをからめとられ、他のことなんて考えられなくさせられてしまう…。

「もう行かなきゃ、間に合わない」

また淫らな記憶がよみがえりそうになり、夏生は絡み付く腕から抜け出した。素直に逃がしてくれたあたり、柊も遅れたらまずいと思ってはいるのだろう。

「御使い様」

「御使い様じゃ、ありがたやありがたや」

柊と手をつないで外に出ると、すれ違う村人たちはわざわざ足を止め、夏生に向かっておじぎをしながら手を合わせる。夏生がおだまき様の御使いであるという認識は、もはや訂正のしようが無いほど広まってしまったようだ。

…裁判の後、一度だけ和夫がこっそり訪ねてきた。死刑こそ免れたが、悦子は罰としての結婚を待つ身である。罪人の身内として、これから和夫たち一家は肩身の狭い暮らしを強いられるのだろう。

『……本当にありがとう、夏兄ちゃん』

それでも和夫はいつもの陽気さが嘘のように神妙な顔で夏生に頭を下げ、悦子のことを教えてくれた。家族との面会は禁じられているが、手紙のやりとりは許されているのだそうだ。

『姉ちゃんは夏兄ちゃんを殺そうとしたことをすごく反省して、いつか許してもらえたら謝りに行きたいって言ってる。あと、倉林の家に嫁ぐ前に一度でいいから両親に会いたいって』

『——ずいぶんと身勝手な話だな』

答えられずにいる夏生の代わりに、吐き捨てたのは柊だ。実の兄のように慕っていた柊にそんな態度を取られたのは初めてだったのだろう。消沈しつつも、和夫は必死に姉を庇おうとした。

『…姉ちゃんがしたことは、絶対に許されないってわかってる。でも、…信じてもらえないかもしれないけど、姉ちゃんは変わったんだ』

『変わった？』

『お父さんとお母さん、和夫にも迷惑をかけてごめんなさいって、手紙で何度も謝ってて……今までの姉ちゃんなら、何があったって家族に謝ったりなんかしなかったのに。きっと、おだまき様の御使いに助けてもらって、クイアラタメタんだと思う』

妙にぎこちない『悔い改めた』は、きっと両親の真似なのだろう。甘やかされ増長しきった悦子が謝罪したせいで、相当驚いていているらしい。

そうすると悦子に甘い両親は、命が助かっただけでも良かったと喜んでいたのも忘れ、嫁入りまで家族と会えないなんて可哀想すぎると言い出したそうだ。和夫も姉を憐れに思ったからこそ、ひそかに柊の家を訪れた。村長代理の柊と、おだまき様の御使いである夏生の口添えがあれば、悦子の願いを叶えてもらえるかもしれないと期待して。

『頼むよ、柊兄ちゃん、夏兄ちゃん。一度だけでいいんだ。倉林に嫁入りする前に、姉ちゃんを父ちゃんと母ちゃんに会わせてあげられないかな…⁉』

『駄目に決まっているだろう、そんなこと』

和夫の懇願を、柊は夏生の肩を抱き寄せながら一蹴した。

『家族に会えないことも罰の一つだ。村長の判断…おだまき様の神意なんだぞ』

『だから、そこは柊兄ちゃんと夏兄ちゃんなら…っ！』

『もう、死ぬところを助けられただろう。これ以上、厚かましく何を望むつもりだ？』

どれだけ和夫に哀願されようと、柊は聞く耳を持たなかった。やがて和夫はとぼとぼと帰ってしまい、それきり会っていない。夏生もここで暮らしていくのなら、いつか必ずまた対面することになるだろうが、どんな顔をすればいいのか…。

「――夏生。夏生？」

「っ…、あ、柊、どうした？」

くいと手を引かれ、夏生は我に返った。とっさに浮かべたぎこちない笑みを、柊はじっと覗き込んでくる。

「また何か、考え込んでるみたいだったから。……和夫たちのことか？」

「ま、まさか。ただ、村長と二人きりになるの怖いなって思ってただけ」

とっさに出任せを口にしたが、村長と二人きりが怖いのも本当だ。今日の対面も初日と同じく、夏生一人で行わなければならないのである。柊が一緒なら怖いものなんて何も無いのに、裁判のような特別な儀式以外、村長とは一対一で会うのがしきたりだと言われたら従うしかない。

「お前なら大丈夫だ。村長はお前を気に入っているからな」

「えっ…、…そうなのか？」

会ったのは初日と裁判の時だけで、何か気に入られるようなことをした覚えも無い。むしろ村長の裁きを邪魔したのだから、疎まれていてもおかしくないと思っていた。

「気に入っていなければ、裁判でお前の言い分を聞いたりはしないさ。今日もお前に会えるのを楽しみにしているはずだよ」

「…だと、いいんだけど…」

あの異様な仮面と服装でどうしても構えてしまうが、村長は柊の後見をしてくれた人だ。柊と結婚するのなら、これからは少しずつ慣れていかなければならないだろう。柊は村長代理でもあるのだから。

村長の邸に着くと、初日と同じく、夏生は入り口で柊と別れた。夏生が村長から結婚の許しを得る間、柊はお恵み沼で今日のお恵みを回収してくるそうだ。

……そういえば、吉川さんのことはどうするんだろう。

ふと思い出し、暗い気持ちになる。

吉川の死は、未だ村人たちには――吉川がこちらで作った妻子にも伏せられているのだ。柊から夏生の話を伝え聞いた村長が、公にはしないと判断したからである。

……今まで元の世界に帰った流れ人は居ないから、話したところで誰も信じないっていうけど。

吉川の妻子は、帰らぬ父を未だに待ち続けているはずだ。…かつての夏生と同じように。生死も定かではない状況が続くよりは、いっそ死の事実を教えてやった方が安らかになれるのではと思ってしまうのは、きっと夏生が柊と再会を果たせたからだ。ある意味、吉川は妻子の心の中で永遠に生き続けるのかもしれない。

「……し、失礼します」

薄暗い廊下を進み、苧環の描かれた襖を開ける。紅い糸が巻かれた祭壇の前には、すでに村長が端座していた。相変わらず幾枚もの着物を着込み、いつもの仮面をかぶっているせいで表情すら窺えないが、裁判で対峙した時ほどの威圧は感じない。気に入られていると、柊が教えてくれたおかげだろうか。

「――座れ」

何と、今日は村長から勧めてくれた。驚きが出てしまわないよう顔を引き締めながら、夏生は村長の向かいに腰を下ろす。

「あの、今日は…」

「柊との結婚の許しを得に来たのだな」

村長はくるりとこちらに背を向け、祭壇に手を合わせた。祭壇には今日も瑞々しい神花がたっぷりと供えられ、甘い匂いを漂わせている。

「しばし待て。おだまき様の神意を伺う」

「は、……はい」

村長の口から低い呪文めいたものが紡がれていく。祝詞《のりと》とも読経《どきょう》とも似つかないそれは独特の節回しで、神秘的ながらもどこか聞く者の胸をざわつかせる不穏な響きを孕んでいる。

いつしか夏生は目を閉じ、敬虔《けいけん》な信者のように両手を組んでいた。むわり、と鼻腔を甘い花の匂いがくすぐる。神花の匂いだ。裁判の日と同じ…いや、あの時は人いきれがすさまじかった分、むせかえりそうなほど濃厚だった。

今日はそんなことはない。村長の呪文に聞き入りながら嗅いでいると、何だか頭がぼうっとして、身体がかすかに熱を帯びてくるような…。

――かたん。

小さな物音が聞こえ、呪文は途絶えた。おだまき様の神意は下ったのだろうかと、重たいまぶたを開けた時だ。苧環の描かれた襖が勢いよく吹き飛ばされたのは。

どん、と畳に足を下ろした少女が、真っ赤に染まった唇を吊り上げる。

「……見付けたわよ……、泥棒……」

「え、……悦子ちゃん？」

反射的に身構えたのは、座敷牢に幽閉されているはずの悦子が現れたからではない。ほっそりとした身体に纏ったブラウスにも、美しい顔にも、真っ赤な液体が飛び散っていたせいだ。

……あれは、血だ……！

神花の匂いに鉄錆の匂いが交じり、夏生は直感した。悦子はすでに誰かを手にかけているのだと。…その凶器こそ、悦子が血まみれの手に握った小刀なのだと。

小刀は刀身からしたたる血で紅く染まっていたが、柄に刻まれた文字はかろうじて読めた。

――『和夫』。つまり、この血の主は…。

「…まさか、和夫くんを…!?」

「仕方無いじゃない。貴方を殺すなんて約束が違うって、人を呼ぼうとするから。腕を刺しただけだから死んじゃいないわよ」

こともなげに言い放たれ、夏生は嫌でも悟ってしまった。きっと和夫は姉を両親と会わせてやりたいあまり座敷牢に忍び込み、脱走の手助けをしたのだ。おそらくは誰かに気付かれる前に、再び座敷牢へ戻すつもりで。

だが悦子は両親のもとではなく、夏生を殺しに行こうとした。そして懸命に止める和夫から小刀を奪い取って刺し、ここまで駆けてきた…。

……狂ってる！

和夫は罪人の家族の烙印《らくいん》を押されても、必死に姉を守ろうとしていたのに。どうしてあの純粋な愛情を踏みにじれたのか。たとえ夏生を殺せたって、閉ざされた村に逃げ場など無い。今度こそ死刑を免れないと、理解していただろうに。

いや、理解していても罪を重ねずにはいられないからこその狂気なのか。

「…貴方さえ…、貴方さえ死ねば、柊兄様は私を…、私を……」

悦子は硬直して動けない夏生に素早く駆け寄り、小刀を振り上げる。…今度は柊もきっと間に合わない。見開いた目に血塗られた刃が迫り、そして。

「――グッ……！」

何枚も着物を重ねた、広い背中が飛び込んできた。

それが誰なのか、夏生にはわからなかった。夏生以外に同じ座敷に居たのは村長だけなのだから、村長以外ありえないのに。

だって。

頭の後ろで結ぶための面紐が断ち切られ、頭巾ごと床に落ちた仮面。さらけ出された頭は白髪ではなく、黒々としたつややかな髪で。

「い……、いやあぁぁぁぁぁぁっ！」

かん高い悲鳴を響き渡らせながら、悦子はすさまじい勢いで逃げていった。

ゆっくりと振り返った村長の肩口に、血まみれの小刀が深々と突き刺さっている。夏生の代わりに受け止めた時、刃がかすったせいで、面紐が切れてしまったのだろう。

若々しく彫りの深い端整な顔。……深い緑の瞳。

「しゅ、……柊……」

実は村長は、柊の生き別れになった双子の兄弟だったとか、赤の他人なのにたまたま瓜二つだったのだとか、荒唐無稽《こうとうむけい》な思い込みが出来たらどんなに良かっただろう。

「…話は後だ。来い、夏生」

でも小刀が突き刺さったまま夏生の手を引く男は、幼馴染みであり、恋人になったばかりの柊

だ。何度も肌を重ねた夏生が間違えるわけがない。だから祭壇の部屋を出て、ろうそくすら灯されていない邸の奥へ引っ張って行かれても手を振り解けないのだ。

肩を刺されているのに、柊は力強い足取りで裏口を出る。その先にはいつか案内された裏庭の森があった。お恵み沼を目指しているのだと気付くともう我慢出来なくなり、夏生は広い背中に問いかける。

「…どうして、村長のふりなんてしてたんだ?」

聞こえないわけがないのに、柊は答えない。声はどうやって変えていたのか。本物の村長はどこに居るのか。何故人を呼んで悦子を捕らえさせず、夏生たちの方が逃げなければならないのか。何度質問をぶつけても無視される。

だから頭が勝手に結び付けてしまう。これまでは気にも留めていなかったことと、今の状況を。

……思い返してみれば、俺が村長と会う時、柊はいつも居なかった。

初日の対面の時も、裁判の時も、そして今日結婚の許しを得る時も。柊こそが村長だったのなら、居ないのは当然だ。村長のあの服装と仮面も、目立つ顔と体格を隠すのに役立っただろう。

……だとしたら、俺と会ってた時の村長は全部柊だったってことか?

何のためにそんなことをするのだろう。本物の村長が高齢で、動くのもままならないから?

いや、重要な儀式である裁判を欠席しなければならないほど弱ってしまったなら、さすがに遠縁に代替わりするのではないだろうか。

わからない。何もかもがぼやけている。さっきから漂い始めた、この霧のように——。

「柊っ……」

何度、いや何十回呼びかけた時だろう。柊は唐突に立ち止まった。その長身の向こうには、うっすらと霧に包まれたお恵み沼が広がっている。さらに奥には、いつもと変わらずそびえる濃い霧の壁。

「――ここだよ」

着物の袖をひるがえしながら、柊はゆっくりと振り返った。仮面をかぶっていた時は奇妙にしか感じられなかった衣装が、不思議とよく似合っている。まるで柊のために誂《あつら》えられたような。

深々と突き刺さった小刀さえ、飾りの一つだ。

「村長はこの沼に眠っている。…もう、三年以上」

「な……」

「神花は加工や摂取する量により、様々な効果を発揮するんだ。お前の場合は媚薬だったが、村長の家に伝わる方法で加工すれば、強い陶酔感と鎮静効果で脳の中枢神経を麻痺させる…そう、ちょうど麻薬のような成分が抽出される」

それも元の世界の大麻や覚せい剤といった薬物と異なり、依存性はごく緩やかで、乱用しない限りは心身を著しく損なうことは無い。だが人間が本来持つ思考能力を低下させ、従順にさせる効果があるという。

週に一度の酒盛りで振る舞われる酒には、その成分がたっぷりと混入されているのだ。村人たちから抵抗の意志を奪い、より操りやすくするように。神花とは小田牧村を進化も衰退もさせず、同じままに保つため、おだまき様が咲かせた毒なのだろう。

「だからこそ村長だけは神花の酒に手を出してはいけなかったのに、村長は持病の苦痛から逃れるために酒を飲み始め、あっという間に溺れ……三年前、俺の目の前で死んだ。吉川さんと同じく、心臓麻痺を起こしたんだろう」

本物の村長が突然死んだ時、傍に居るのは柊だけだった。本物の村長も小田牧村の人間にしては長身で、体格も柊とそう変わらない。仮面をかぶり、分厚い装束を身に着ければ、なりすますのは難しくない——そう思った瞬間、柊は行動に移っていた。村長から仮面と衣服を剝《は》ぎ取り、重石をつけ、お恵み沼に沈めたのだ。

そしてその日から、村長と村長代理の一人二役を始めた。

村長代理としての柊が『村長は高齢と持病のため、業務を自分に任せた』と言えば誰も疑わない。村長の極端な人嫌いも幸運だった。他の村人を誰も邸に寄せ付けず、どうしても村長自身が姿を見せる必要がある時だけ、柊があの仮面と装束を纏って出て行けば良かったのだから。

声だけはごまかしようが無かったが、ここでも神花が活躍した。花びらをすり潰したものをごく少量服用すれば、短い間だけ声がしわがれるのだ。

「…どう…、して…」

はくはくと震える喉から、夏生は声を絞り出す。

「どうして、村長と入れ替わるなんて…村長はお前の、後見をしてくれた人なんだろ…？」

流れ人が優遇されるとはいえ、当時八歳の柊が澤田家できちんと育ててもらえたのは、村長が後ろ盾になってくれたからこそだろうに。

「……なあ、夏生。十五年前…お前にとっては十年前か。俺とお前の違いは、何だったと思う？」

柊は答えず、問い返してきた。その声はまだ少ししわがれているが、だいぶ元に戻りつつある。

夏生と邸の前で別れた直後、神花を服用したのだろう。

「違い…、だって？」

「そう。一緒に日無山に入ったのに、あの沼から小田牧村に迷い込んだのは俺だけだった。その違いは何だと思う？」

　夏生だって十年間ずっと考えていたが、わからないままだ。しかし柊は、答えにたどり着いたらしい。

「ずっとこのままでいたい。お前と離れなきゃならない現実が待ち受けている元の世界には、絶対に帰りたくない。…俺はそう強く願っていた。それこそがお前との違いだったんだ」

「…、…柊…」

「そこで俺は仮説を立てた。おだまき様は俺みたいに元の世界に何の未練も無く、おだまき様の意志に反しない人間があの沼に近付いた時、こちら側に呼び寄せているんじゃないかって」

　何のためかは問うまでもない。閉じた箱庭も同然の村で濃くなる一方の村人の血を、少しでも薄めるため——箱庭を箱庭のままでいさせるためだ。

「吉川さんからそれとなく事情を聞いて、仮説は正しいと確信した。吉川さんは元の世界で返しきれないほどの借金を作り、ヤクザまがいの金融業者に追われた末に日無山に逃げ込み、小田牧村に流れ着いたんだ。そういう人だったからこそ呼び寄せたのだと、生前の村長も言っていた」

「村長が？　どうして…」

「村長がかぶっているあの仮面はおだまき様から与えられたもので、おだまき様の力が込められている。…あちら側の沼に近付いた人間を、こちらに呼び寄せる力が」

「……！　じゃ、じゃあ十年前、お前を村に呼んだのは……」

「そう。……村長だ」

おだまき様のために異なる世界から人間を呼び寄せるからこそ、村長はおだまき様の祭司なのだろう。今まで日無山で行方不明になってきた人々は、そうやって歴代の村長に呼び寄せられたのだ。

自分を元の世界から引き離した張本人と、十年以上もの間、どうやって向き合ってきたのか。感情の抜け落ちた顔からは窺えない。唇を噛み締める夏生を、柊は緑の瞳でじっと見詰める。

「だから俺は考えた。お前をどうにかしてもう一度日無山の沼まで呼び寄せられれば、仮面の力を使い、こちら側に呼ぶことが出来るんじゃないかって」

「…っ…！　まさか、吉川さんは」

「ああ。――俺がお恵み沼に沈めた」

吉川は酒盛りから一人抜けて帰る途中、心臓麻痺で死亡した。その時も、居合わせたのは見送りに立った柊だけだった。

「あれは一か八かの賭けだった。吉川さんの遺体が本当に元の世界に戻るなんて、あの時点では何の確証も無かったからな。……おだまき様に祈ったのは、あの時が初めてだったよ」

そして柊の願いは通じた。吉川は日無山の沼に浮かび、大々的に報道された。

そこから先は、説明されなくてもわかる。吉川の遺体が発見されたことで夏生は柊を捜すのだと決意し、十年ぶりに日無山に足を踏み入れた。のこのこと沼に近付いた夏生を、村長は…柊は、仮面の力で呼び寄せた。

もう一度、夏生に会うために。

もう二度と、夏生と離れないために。

——そのためだけに——全てを目論んだ。

「…ごめ…、…んっ…」

いきなりこんな世界に引き込まれた怒りも。家族や友人たちと会えなくなった寂しさも。ずっと騙されていた悲しみも。いくつもの感情がごちゃごちゃになって胸の中を渦巻いているのに、口をついたのは嗚咽だった。

だって——だって、柊がたった一人、そんな真似をしなければならなかったのは——。

「俺の、せいだ…」

「夏生…」

「俺があの時手を離したから…、お前は、こんなことまで……」

ぽた、ぽた、と頬を伝い落ちた涙が地面に染みを作っていく。

もし十年前、夏生も柊と一緒に小田牧村へ迷い込んでいたら、柊は少なくともたった一人で村長と吉川を沼に沈め、村長のふりなんてせずに済んだのだ。誰とも秘密を分かち合えない生活は、どんなにつらく苦しかっただろう。

「……ありがとう、夏生」

柊は微笑み、後悔に押し潰されてしまいそうな夏生の手を取った。そっと口元まで引き寄せ、愛おしそうに口付ける。

「お前と共に生きられるのなら、たとえ恨まれても嫌われても構わないと思っていた。でもお前は、全てを知っても俺を求めてくれるんだな。……これでもう、思い残すことは無い」

「っ…、お前、何を言って……」

それじゃあまるで、永遠のお別れみたいじゃないか――不吉な予感に貫かれた時、ぐらりと柊の長身が傾いだ。夏生が慌てて支える前に柊は踏みとどまったが、その額には汗が滲み、顔は病的なまでに真っ青だ。

「……見せて！」

はっとした夏生は柊に詰め寄り、一番上に羽織った着物をはだけた。

うっ、とひとりでに呻きが漏れる。下に重ねた着物は、和夫の小刀が突き刺さった部分から滲み出た血で紅く染まっていたのだ。もしかしたら大きな血管を傷付けてしまったのかもしれない。かなり痛むようで安静にしていてもつらいだろうに、どうしてここまで歩いてこられたのか。

「何で…、…何でぇ…っ…！」

病院も医師も不在の村で大きな傷を負うのは、命を失うのも同然だ。わかっていたのに何故、こんな真似を。

「……お前を、元の世界に逃がすため」

「な……、に？」

漂う血の匂いも草木の青い匂いも、つかの間、感じ取れなくなった。

…それはこの村に迷い込んでからの『常識』を、根底からくつがえす発言だ。一度小田牧村に迷い込んでしまえば、二度と元の世界には帰れない。だからこそ柊は帰還を諦め、夏生の方を自分のもとに呼び寄せようとしたのではないか。

「…これを飲んで沼に入れれば、元の世界に戻れるはずだ」

唇をわななかせる夏生に、柊は懐に入れていた小さな瓶を手渡した。コルクで栓がされたそれは、紫色の液体が満たされている。

「この色…、もしかして神花の…」

「そう、神花を村長の秘伝で加工したものだ。飲めば一時的に仮死状態になる」

「────!」

何のために柊がそんなものを差し出したのか、夏生はすぐに理解する。

──吉川の遺体を、お恵み沼は異物と判断して元の世界に吐き出した。ならば仮死状態に陥った夏生もまた吉川のように、元の世界に戻れるのではないか。柊は夏生から吉川の顚末《てんまつ》を聞かされ、そう考えたに違いない。

……でも、いくら柊だって、悦子ちゃんが今日あんなことをするなんて思ってなかったはずだ。仮死状態に陥らせる薬なんて物騒なものを、こうして持ち歩いていた理由は──。

「……ろ！」

「血の跡がある。こっちに逃げたんだ！」

問いただそうとした時、邸の方から興奮しきった喚声《かんせい》が聞こえてきた。いくつもの足音と共に、迷わずこちらへ近付いてくる。お恵み沼は村長以外、立ち入りを禁じられているはずなのに。

「……思ったより早かったな」

「柊、あれは…」

「悦子だ。俺が村長になりすましていたことを、手あたり次第ぶちまけて回ったんだろう。それを聞いた村人たちが、俺とお前を殺しに来たんだ」

柊は平然と言うが、夏生には信じられなかった。村人たちは柊を村長代理として信頼し、敬意を払っていたはずだ。対して悦子は一時は裁判で死刑を宣告された身であり、牢破りの末に実の弟まで手にかけている。裁判に参加していた村人たちが悦子の言い分を鵜呑《うの》みにした挙句、柊と夏生を殺しに来ただなんて。

「彼らは酒盛りで定期的に神花の成分を摂取している。おそらく村長の正体が露見したことで、おだまき様の神意が働いたんだろう」

「神意って…、…この村を、ずっと同じ状態に保つっていう…」

「そうだ。…お前をこちらに呼び寄せたことで、俺はすでに神意に逆らっている。お前は元の世界に未練が無いわけでも、帰りたくないわけでもなかったんだからな」

おだまき様としては、自分に忠実でありさえすれば、たぶん村長が誰であろうと構わないのだろう。だから柊が本物の村長と入れ替わった時も、罰は下されなかった。

だが元の世界に未練のある夏生は、村に変化をもたらしかねない危険な存在だった。おだまき様は柊の忠誠に疑いを抱いた。

そこへ悦子が柊の正体を触れ回り、村人たちが柊に敵意を持ったことによって、柊はおだまき様にとって処分すべき異物に変化してしまったのだろう――こんな時にもかかわらず、柊は冷静に分析した。夏生まで狙われるのは、夏生が柊を変えた元凶だからだろうとも。

「もう少しすれば武器を持った村人たちが押し寄せてくるだろう。そうなる前に、お前だけは元の世界に逃がす。そのためにここへ来たんだ」

早く薬を飲めと促され、夏生はぶんぶんと首を振り、柊の腕を掴む。

「だったら、柊も！　俺一人じゃ嫌だ、お前も薬を飲んで元の世界に帰ればいいじゃないか！」

せっかく再会出来たのに、思いを通い合わせたのに、また離れ離れになるなんて絶対に嫌だった。柊の両親が柊の帰還を喜ばなくたって、夏生が傍に居る。元の世界の医療なら、肩の傷もきっと治るはずだ。

だから一緒に――眼差しで縋る夏生に、柊は首を振る。

「俺は駄目だ。…その薬は調合が難しい上に劣化しやすくて、一人分を作っておくのが精いっぱいだった」

「っ…、でも…っ」

「それにもし薬が二人分あったとしても、元の世界にちゃんと居場所のあったお前をこちらに呼び寄せ、騙して堕とした罪は重い。俺はここに残り、お前が逃げる時間を稼ぐ。…それが俺に出来る、唯一の罪滅ぼしだ」

「――居たぞぉぉぉーーーっ！」

ざざっと木立をかき分け、鍬を持った村人が現れた。村長の装束を纏った柊を指差し、背後に向かって怒鳴るのは、よく見れば悦子の父親だ。悪鬼のような形相に、涙を流しながら娘の無事を喜んでいた愛情深い父親の面影は無い。

「神意に逆らう大罪人はここに居る！　ここに居るぞ！」

「……許せ、夏生！」

言うが早いか、柊は夏生の手から瓶を取り上げ、中身を呷った。呆然とする夏生の顎を掬い上げ、ぶつけるように唇を重ねる。

「ん、……んぅっ……」

激しく首を振っても、柊を突き飛ばそうとしても無駄だった。唇をふさがれ、行き場の無い液体は夏生の喉を流れ落ちていく。本能には逆らえず、夏生は涙を滲ませながら味のわからない液体をごくりと嚥下《えんげ》した。

口内に薬が残っていないのを確認し、柊はへなへなとくずおれる夏生を抱き上げる。その肩の向こうに、鍬や鋤を振り上げながら突進してくる村人たちが見える。

「…ありがとう、夏生」

ほんの数メートル後方に迫る村人たちには目もくれず、柊は微笑んだ。肩から滲み出る血は一番上の着物も紅く染め、立っているのもつらいだろうに、その笑みは至福そのものだった。

……馬鹿！　何でこんなことするんだよ！　ずっと一緒に居るって、…もう二度と離れないって、約束したじゃないかよ……！

罵倒して殴り飛ばしてやりたいのに、手足はおろか、唇すら麻痺したように動かなかった。さっきの薬が早くも効果を発揮しつつあるのだ。きっとあと少しで、意識すら保てなくなる。

「俺を諦めないでいてくれて……俺を捜してくれて、本当にありがとう。お前が居てくれたから、俺は元の世界でもこの村でもずっと幸せだった」

柊は岸辺に寄り、笑顔のまま夏生を沼に落とした。こちらに向けて伸ばされたように見えた手を取ることも叶わず、夏生は青い水に包まれる。

――沈む、沈む。

真夏にもかかわらず氷のように冷たい水は夏生の四肢に絡み付き、すさまじい速さで水底へと誘う。水面の向こうに輝いていた太陽が、瞬く間に見えなくなる。まるで全身に重石でもくくり付けられたかのように。あるいはこれも、おだまき様の神意なのか。一刻も早く、己の世界の安定をおびやかす不安要素を吐き出してしまおうという。

……だったら柊は？　…柊は…っ…？

柊の名を叫ぼうとした口に、水は容赦無く入り込んでくる。ごぼごぼともがくうちに、意識に靄《もや》がかかってきた。柊に飲まされた薬の効果なのか、それとも溺死しかかっているのか。

それにしても、何て深い沼なのだろう。登る前に調べたら、日無山の沼は深いところでも水深五メートルくらいだということだったが、お恵み沼は確実にその倍以上の深さはありそうだ。

……あれ、は？

ぼやけゆく視界を、何か白いものがかすめた。妙に胸が騒ぎ、夏生は最後の力を振り絞って目を見開く。

…もし地上だったら、絶叫していただろう。沈みゆく先、水底に無数に折り重なっているもの――それはおびただしい量の人骨だったからだ。あお向けで、うつ伏せで、横を向いて。腕が無いもの、下半身が欠損しているもの、頭蓋骨が揃っていないもの。不完全なものも多いが、間違い無く人間の骨だ。

やがて水底が近付いてくると、薬で動きが鈍くなっているはずの心臓が大きく跳ねた。人骨の首から、ペンダントが下がっていたのだ。一体や二体だけではない。夏生の視界が及ぶ限り、全ての人骨は同じペンダントを着けていた。プラチナのプレートに、エメラルドを嵌め込んだ……

夏生が今、着けているのと同じ……。

……どう、して？

あのペンダントは元の世界のジュエリーデザイナーが作成した一点ものだ。夏生が柊から預かったもの以外、元の世界にも小田牧村にも存在しないはずなのに。

……しゅ、……う……。

青い水の冷たさが、必死に保とうとする意識を刈り取っていく。

こちらに伸ばされた人骨の手を摑んだような気がした瞬間、夏生は闇に包まれた。

【nマイナス十番目】

あいつが食事を作りに行ったのを見計らい、夏生はむくりと布団から身を起こした。風邪を引いたふりをして臥《ふ》せっていたのが功を奏したようだ。今日はまだ、一度も性交を強いられていない。体力は残っている。この分ならどうにか計画を実行に移せるだろう。

箪笥の前の畳を上げると、その下の床板の釘が緩みきっている。ここに閉じ込められたばかりの頃、出口を求めるうちに発見したのだが、あいつがなかなか離れてくれないせいで活かせなかった。でも、今なら――。

『……どこへ行くんだ？』

着替えが見付からず、仕方なく半裸のまま床下に下りようとしたのを見計らったように、低い声が鼓膜に絡み付いた。夏生ははくはくと乱れた呼吸をしながら振り返り、すぐに後悔する。立ち止まっている暇があったら、一メートルでも進んでおくべきだったと。

何故なら、あいつの手には食事の乗った盆ではなく、抜き身の小刀があって。

『言ったはずだぞ。…次に逃げようとしたら、二度と歩けないようにしてやると』

緑の目は、夏生のかかとの腱にまっすぐ注がれていて。

『お前はずっと、俺に縋って生きればいい』

――あいつは、迷い無く小刀を振り下ろしたのだから。

「お世話になりました」

会計窓口で治療費を精算すると、付き添ってくれた職員が職員専用の裏口に案内してくれた。夏生は深々と頭を下げ、世話になった病院を後にする。

マスコミは表のエントランスの方に集中しているのだろう。ひとけの無い職員用駐車場を突っきり、しばらく歩いた先にあった公園のベンチに座ると、夏生は大きく息を吐いた。ここまで来れば、マスコミにも嗅ぎ付けられないはずだ。

「本当に……、帰って来たんだな……」

デザイン性と安全性を両立させた公園の遊具。遊び回る子ども。小さな公園を囲むビル群。陽炎を立ちのぼらせるアスファルトの道路。電線を張り巡らせたコンクリート製の電柱。ファストファッションに身を包んだ人々。じっとしているだけで汗が噴き出てくる暑さ。生まれた時から当たり前にあったものが、いちいち新鮮に感じられる。

夏生は真新しいスマートフォンをポケットから取り出した。失くしてしまった愛用のものの代わりに、昨日、母親に買って来てもらったのだ。

電源を入れ、設定とデータをクラウドで同期させたとたん、メッセージの着信音が連続で鳴り響く。どこで連絡先を入手したのか、マスコミからの取材依頼も交じっているが、ほとんどは夏生を案じた友人たちが送ってくれたメッセージだ。中にはしばらく連絡を取り合っていない、中学時代の同級生からのメッセージもある。

彼らが驚き、心配するのも当然だろう。何せ夏生は一週間前、日無山の沼に浮かんでいたところを、吉川の件で取材に訪れていたマスコミのクルーに発見されたのだから。

そのさらに五日前から夏生と連絡が取れなくなり、心配した家族が警察に相談していたことが判明すると、夏生は時の人となった。インターネットは憶測交じりの記事で溢れ、搬送された病院には連日マスコミが押しかけた。

精密検査の結果、極度に衰弱している以外に異常は無かったが、駆け付けてくれた家族には泣きながら怒られた。何か悩みがあったのか、受験を控えた妹にばかりかまけていたせいで寂しい思いをさせてしまったのではと己を責める家族をなだめた後は、警察の事情聴取が待っていた。

そこでも夏生は、家族にしたのと同じ言い訳をくり返すしかなかった。吉川が発見されたため、同じ場所で十年前に行方不明になった幼馴染みが気にかかり、日無山へ捜しに行った。歩き回るうちに迷い、意識を失ってしまい、気付いたら沼に浮かんでいた。意識を失ってから今までのことは、何も覚えていない——と言い張ったのだ。真実を話したって、信じてはもらえまい。

夏生ですらむちゃくちゃだと思うのだから、警察は尚更怪しんだだろう。日無山を徹底的に捜索したが、事件性を示す証拠は発見されず、結局は夏生の家出事件として片付けられた。そして五日の入院を経た今日、夏生はめでたく退院となったのだ。

家族は迎えに行くと言ってくれたが、断った。

これ以上迷惑をかけるのは申し訳無いから、というのは建前だ。誰の目も無いところで偲《しの》びたかった。…もう、夏生の記憶の中にしか居ない男の存在を。

「……柊」

そっと胸元を探り、エメラルドのペンダントを引き出した。着衣以外で、夏生が唯一小田牧村から持ち出せたものだ。四辻柊という男が異界で成長し、生きていた証でもある。

「柊、……柊……」

名を紡げば泣いてしまうことはわかっていたから、病院では呼べなかった。家族が来てくれる時間以外は、ひたすら眠って過ごした。ひょっとしたら夢に現れてくれるかもしれないと期待したのに、出てくるのは水底に沈む無数の人骨だけだった。

だから、代わりにずっと考えていた。意識が途切れる寸前に見た、あの地獄のような光景は何だったのだろうかと。

流れ人なら遺体は元の世界に流れ着くはずだから、誤って沼に落ちて死んだ村人たちの遺体か？　いや、それにしては数が多すぎる。あんなに人が死んでいたら、流れ人以外の人間が入って来ない村は立ちゆかなくなってしまうはずだ。

様々な可能性を考えたが、あれは仮死状態に陥り、朦朧《もうろう》とした意識が見せた幻覚なのだと…そう思うしかなかった。人骨が着けていたペンダントも、柊を求めるあまり脳が幻覚を生み出したのだろうと。だってこのペンダントは、夏生が柊から託されたこれしか存在しないのだから。

「ごめん…、…ごめん、柊……」

もう会えないと思っていた家族と再会を果たし、清潔で安全なベッドで過ごすうちにやっと気付いたのだ。一時的に仮死状態に陥らせる薬なんてものを、柊が常に持ち歩いていた理由が。

——柊はいつか、あんな日が必ず来ると覚悟していたんじゃないか。

今回は悦子の暴走だったが、何かがきっかけで柊が村長になりすましていたことが露見する危険性は常にある。いつ暴徒と化した村人たちに襲われても夏生だけは逃がしてやれるよう、柊は薬を常備していたのではないか。夏生に吉川の顚末を聞かされた、その日から…。

「…柊…っ、…柊ぅ…」

両目を覆った手の隙間からぼろぼろと涙が溢れ、ペンダントを濡らす。

……会いたい。会いたい。会いたい……！

会って、また手を離してしまってごめんと謝って、どうして約束を破ったんだと詰《なじ》って、助けてくれてありがとうと礼を言って、……抱き締めてもらって、好きだと告白したい。もういい、じゅうぶんだと柊がうんざりするまで。

「う…、…ふぅっ…」

とうとう嗚咽を堪えきれなくなり、夏生は項垂れた。うるさいくらいの蟬時雨が熱気に混じって絡み付いてくる。このまま溶けて消えてしまえたら、柊と同じ場所へ行けるのだろうか。魂だけになっても、小田牧村からは抜け出せないのだろうか。

どうすれば、…どこへ行けば、もう一度柊に会えるのか…。

「柊っ……⁉」

視界の端に近付いてくる人影が映り、夏生はぱっと顔を上げた。面喰らったように後ずさるのは柊ではなく、制服姿の警察官だ。

「あー、君、大丈夫かい？」

「え……」

「具合の悪そうな人が居ると、交番に通報があってね。様子を見に来てみたんだが…」

滑り台の陰に集まった女性たちが、こちらを見ながらひそひそと話している。遊ぶ子どもたちの母親だろう。警察官はだいぶオブラートに包んでくれたようだが、泣き喚く怪しい男が居ると通報されたに違いない。

夏生は慌てて手の甲で涙を拭った。

「…す…、すみません。ちょっと疲れて休んでただけで…、もう大丈夫です」

「だったらいいんだが……おや？　君、もしかして日無山で見付かった子か？」

どうしてわかったんだと驚いたが、日無山の捜索にはこのあたりの所轄の警察官が当たったのだ。この警察官も捜索に加わったか、情報を共有しているのだろう。

「そういえばそろそろ退院すると聞いていたが…。家に帰る途中か？　良ければお巡りさんが駅まで送ってあげよう」

夏生が沼に浮かんだ張本人だとわかると、警察官は一気に同情的な態度になり、パトカーで新幹線の停まる駅まで送ってくれた。その辺をうろつくマスコミにでも見付かったら可哀想だと思ったのかもしれない。

そのおかげで、二時間後には東京のアパートに帰り着けた。家族が見舞い帰りに掃除をし、保存のきく食料も補充しておいてくれたそうだから、しばらくは買い物に出る必要も無い。無事帰宅したと母親にメッセージを送ると眠気が押し寄せてきて、エアコンを点け、ベッドに潜り込む。久しぶりに都会の人ごみに揉まれ、疲れてしまったのだろう。

一人で眠るのは久しぶりだ。小田牧村では必ず柊が隣に寝ていたし、肌を重ねてからは同じ布団で四肢を絡ませ合って眠っていた。

「しゅ、……う……」

胸元のペンダントを握り締め、まぶたを固く閉ざす。逃避でしかないのはわかっているが、今は何も考えずに眠りたかった。あと半月もすれば始まる大学も、しばらくは騒ぎ続けるだろうマスコミも……柊以外の何も考えたくない。

いつの間にか夢も見ない深い眠りに落ち、どれくらい経った頃だろうか。普段はめったに鳴ることの無い玄関のチャイムが鳴ったのは。

「…ん…、……うん……？」

重たいまぶたを擦りながらスマートフォンを確認すれば、夜の十時だ。家族なら来る前に電話くらい寄越すだろうし、友人たちにはまだ退院したとは伝えていない。どこかからマスコミに住所が漏れてしまったのだろうか。

布団の中で動かずにいても、チャイムは何度も鳴り続けている。無視するべきなのはわかっていたが、何故か胸がざわめき、夏生は布団から抜け出した。カメラ付きのインターフォンなんてものは無いから、玄関まで行ってドアスコープを覗き込む。

ごとり、と手にしたままだったスマートフォンが床に落ちた。

……俺、…まだ、……夢を見てるのか？

もしくは寝すぎて目がおかしくなってしまったのか。だったらずっとおかしくなったままでいい。また生きた姿を見られるのなら。…また、エメラルドより鮮やかな緑の瞳に映れるのなら。

夢でいい。夢がいい。

本気でそう願っていたのに。

「――夏生」

薄いドア越しに呼びかけられた瞬間、夏生はチェーンと鍵を外し、勢いよくドアを押し開けていた。もつれる足で飛び出せば、相手は予想していたように腕を広げ、抱きとめてくれる。

「あ……、あああっ、あああ！」

生きていたの？　どうやってここへ？　いったいいつ？　村はどうなった？　村人たちは？

「あ、あっ、あぁ、あっ」

俺の声が聞こえた？　だから来てくれた？　何で俺の家がわかった？　怪我は大丈夫？

「あ……、あー…、あーっ……」

頭の中には質問が次から次へと湧いて出るのに、言葉にならなかった。そんなことをしている余裕があるなら確かめたい。温もりを。匂いを。感触を。四辻柊という存在を。

「…夏生…、俺の、愛しい夏生…」

それは柊も同じなのだろう。意味の無い叫びを連発する夏生に眉を顰めるでもなく、項に顔を埋め、腕の中に収めた身体を確かめるように撫で回している。

だから、気付くのに少し時間がかかってしまった。柊の身体が、普段よりも熱を帯びていることに。着物の肩口に、大きな赤黒い染みが広がっていることに。

「柊、…柊⁉」

ようやく異変を察知したのは、柊の身体の重みがずっしりとかけられた後だ。支えきれず柊ごと床にくずおれ、何度も揺さぶってみるが、固く目を閉じた柊は答えてくれない。青ざめた唇から、荒い呼吸が漏れる。

……悦子ちゃんに刺された傷だ！

どうして忘れていたんだと激しい自己嫌悪にかられながら、夏生は落ちたスマートフォンをどうにか拾い上げ、一一九番をタップする。ここは閉ざされた小田牧村ではない。助けを求めれば来てくれる存在があり、適切な治療を受けられる。そのことが、どんなにありがたいか。

やがて駆け付けた救急隊は柊の異様な装束に驚いたが、すぐさま応急処置を施し、救急車に乗せてくれる。もちろん夏生も同乗した。もう二度と、離れるのはごめんだから。

「…大丈夫、柊、大丈夫だから」

担架《たんか》にぐったりと横たわる柊の手を握り締め、夏生は呼びかけ続ける。鳴り響くサイレンが、これほど頼もしく思えたのは初めてだった。

幸い、柊の傷は大きな血管を傷付けてはおらず、適切な治療のおかげで感染症にもかからずに済み、半月程度で退院出来た。

だから、大変だったのは周囲の方だ。

十年もの間行方不明だった柊が突然現れたのである。夏生が柊の素性を話すと、すぐさま警察が駆け付け、事情聴取と本人確認が行われた。柊は幼い頃とは見違えるほど成長しており、戸籍上は夏生と同じ十八歳にもかかわらず、実際はすでに二十三歳なのだ。自分こそ行方不明になった四辻柊本人だと主張しても、すんなり信じてもらえるはずがなかった。

そこで警察は柊の両親——茂彦とジェニファーに対面させた上で親子鑑定を行い、柊の素性を明らかにさせようとしたのだが、何と二人とも『新しい家族が居るから』と対面を断ってきた。さすがに鑑定に必要なサンプルは提出したため、柊は間違い無く行方不明だった四辻柊だと証明されたのだが、何とも胸くそ悪い話だ。駆け付けた夏生の両親も、怒りを通り越して呆れ果てていた。金輪際、あの二人を友人とは思わないそうだ。

だが当の柊はといえば淡々として、両親の意向を聞かされても眉すら動かさなかった。八年前、すでに柊の心は両親から離れてしまっていたのだろう。

行方不明になってから今まで、どこでどうしていたのか。柊の回復を待って警察は本格的な事情聴取に入ったが、柊はかつての夏生と同じく『思い出せない』で押し通した。小田牧村の存在を信じられるのは夏生くらいだし、話してもより混乱を招くだけだから。

警察は柊が村長の衣装のままだったことで、どこかの宗教団体に拉致され、洗脳された上でたぐいまれな容姿を布教に利用されていたのではないかと疑い、一通りの調査をしたようだ。しかし当たり前ながら何の証拠も得られず、最終的には柊の言い分を受け容れるしかなかった。

とはいえ犯罪の可能性が非常に高いこと、そして柊が戸籍上はまだ十八歳であることが考慮され、一切の情報が公開されず、夏生の時のようにマスコミが騒ぎ立てる事態にはならなかったのが救いである。

茂彦とジェニファーは柊との対面こそ拒否したが、十年間行方不明だった息子をそのまま放り出すほど無責任ではなかったようで、退院後生活が安定するまでは一定の資金援助をすると約束した。そこで柊は部屋を借り、一人暮らしを始めることになったのだが…。

「…本当に、良かったのかな？　俺までこんないいところに住ませてもらって」

真新しい家具と家電製品が揃えられた広い室内を見回し、夏生は息を吐いた。都内の主要駅から徒歩五分という最高の立地に建つ新築マンションの最上階、３ＬＤＫ。そこが柊の新しい家だ。

そして、夏生の家でもある。

「いいんだよ。お前が一緒に居てくれる方が、あの人たちも安心だろうし」

届いたばかりのテレビの設置を終えた柊が、夏生の頭をぽんと撫でる。シャツにジーンズというごくありふれた格好は浴衣や作務衣を見慣れた目にはひどく新鮮で、ついつい見惚れてしまうから困りものだ。

茂彦とジェニファーはそれぞれ資金を出し合い、柊の新居としてこのマンションを購入した。名義は柊だ。十年間何もしてやれなかったお詫びだと言っていたらしいが、夏生の父親は『手切れ金の間違いだろう』と憤慨していた。茂彦もジェニファーも離婚後仕事を成功させ、かなりの資産を築いているらしい。

退院が決まると、柊は夏生の両親に『突然の一人暮らしは不安だから、夏生に一緒に住んで欲しい』と頭を下げた。もちろん、柊に同情しきっていた両親は二つ返事で許し、夏生はアパートを引き払うことになったのである。

そして今日、退院したその足で二人は新居のマンションに向かい、引っ越しも済ませた。といっても前の住居から荷物を移動させたのは夏生だけで、柊は家具から家電、衣類にいたるまで購入したばかりの新品だ。

それぞれの業者も引きあげてゆき、どうにか新しい住まいとしての格好もついた。夏生の荷物は個室としてもらった洋室に運び込まれたから、三十畳近くあるこのリビングに並ぶのは柊が購入したものばかりだ。モデルルームか高級ホテルのような空間に慣れるには、少し時間がかかりそうである。

「……夏生」

「あ、…っ…」

　ベランダの窓に広がる景色を眺めていると、背後から優しく抱き締められた。腰に押し付けられた股間は、ジーンズ越しにも熱くたぎっている。引っ越してきたばかりの新居が、にわかに淫靡な気配を帯びる。

「…いつ…、から？」

「業者が帰ってから、ずっとだよ。……ずっと、早くお前と二人きりになって、これをお前の中にねじ込みたいって思ってた」

「あ…、あっ……」

　股間をまさぐられながら雄をぐりぐりと押し当てられるだけで、吐息は熱を孕む。これを中に欲しいと願っていたのは夏生だって同じだ。夏生が帰還を果たしてから一週間、柊が退院するまでの二週間。もう一月近く、肌を重ねていないのだから。

　柊の入院中、夏生は毎日見舞いに通ったが、面会時間は限られていたし、周りには常に人の気配があった。人目を盗んで口付けを交わしたり、抱き合うのが精いっぱいで、こんなふうに互いの熱を共有するのは久々だった。

「…ひゃ…、あっ！」

　器用に夏生のズボンの前をくつろげた手が、下着の中にするりと入り込む。見えていないのにどうして、と首を傾げ、夏生は気付いた。目の前の窓ガラスに、自分と柊の姿がくっきり映し出されていることに。夏生の上気した顔も、性器に押し上げられた下着の膨らみまでも…。

「お前も、待っていてくれたんだな」

柊は嬉しそうに微笑み、もう一方の手で夏生のズボンを引き下ろした。膝のあたりでズボンはわだかまり、下着を着けただけの下肢がさらけ出される。

「あっ、あぁ、あ……」

すでに勃ち上がりかけていた肉茎を大きな掌に包み込まれるだけで、全身に電流めいた快感が走り、ふらふらとよろけてしまう。とっさに窓ガラスに手をつくと、淡く染まった耳朶を甘く噛まれた。

「見せてくれ、夏生」

「…ぁ…、…っ…?」

「お前を、全部。……俺を欲しがって、感じてるところを……」

興奮しきった声でねだられれば、あらがうのは不可能だ。夏生は頷き、片手でシャツをたくし上げる。裸の上半身が露わになっていくにつれ、項にかかる吐息も熱っぽさを増していく。

「……愛してる……」

やがて淡く染まった胸と、そこに下がるエメラルドのペンダントが現れると、柊は感極まったように項に噛み付いた。びくびくと震える夏生に合わせて揺れるペンダントを、背後から大きな手がまさぐる。

「しゅ…、うっ……、俺も、…俺もっ…」

愛している。もう二度と離れない。肉茎を激しく扱かれ、息が上がってしまったせいでろくに言葉にならないけれど、柊はちゃんとわかってくれる。

「ああ…、夏生…。お前が俺を愛してくれたから、…呼んでくれたから、俺はまたお前と愛し合えるんだ…」

「あ…、あぁっ、…柊……！」

肩の治療を受けてすぐ、夏生の家族や警察が居なくなったのを見計らい、夏生は柊から聞かされていた。小田牧村で絶体絶命の危機に陥っていたはずの柊が、どうやって元の世界の夏生のもとに現れたのか。

夏生を沼に落とした後、柊は無抵抗のまま村人たちの手にかかるつもりだったのだという。だが彼らの凶器に突き刺されかけた瞬間、お恵み沼が闇に染まり、引きずり込まれたのだそうだ。

そして気付いたら見知らぬ建物……夏生の部屋のドアの前に立っていた。表札に『櫛原』とあったため、もしかしてと思いチャイムを鳴らし続けたら、夏生が出て来た――というわけだ。

初めて聞かされた時は、正直わけがわからなかった。だって柊が夏生のアパートに現れたのは、夏生が元の世界に戻った一週間後だ。なのに一週間前、村人に殺されかける寸前にこちらへ引き寄せられたというのだから辻褄《つじつま》が合わない。それに何故、仮死状態ではなかった柊がこちらの世界に戻れたのだ？

――きっと、お前のおかげだよ。

疑問だらけの夏生に、柊は緑の瞳を細めた。

――お前が俺を呼んでくれたから……生きた俺に会いたいと願ってくれたから、俺はあの時、お前のもとに引き寄せられたんだと思う。

こちらに戻ってからもずっと、柊に会いたいと願い続けた。柊を思わない瞬間は無かった。それくらいしか出来ない自分が歯がゆくてならなかったけれど、その強い願いこそが柊に世界を越えさせたのか。

ありがとうと何度も言われたが、礼を言いたいのは夏生の方だった。柊が命懸けで夏生を逃げ延びさせてくれたからこそ、夏生は柊を呼べたのだから。…再び、会うことが出来たのだから。

「…あ…っ、あ、……やぁぁ…っ…！」

堪え性の無い肉茎が大きな掌の中でもてあそばれるだけで張り詰め、弾けてしまいそうになり、夏生はふるふると首を振った。尻を熱い股間に押し付け、肩越しに懇願する。大きな目を、涙に潤ませて。

「柊…、このままじゃ嫌…っ、嫌ぁっ…」

尻のあわいで、柊の形をすっかり覚え込まされてしまった蕾がひくひくとうごめいている。性器は可愛がってくれるのにどうしてこっちは構ってくれないのと、ざわめいている。

ごくり、と唾を飲む音がした。

「…どうして欲しい？」

「柊の…、お尻に、入れてぇ…お腹、いっぱいにして…っ…」

泣きじゃくりながら訴えたとたん、性器をもてあそんでいた手が下着を引き下げた。解放された肉茎は先走りの雫を垂らしながら反り返る。

「は…、あっ……」

優しく尻たぶを叩かれ、夏生は窓ガラスに両手をつき、自ら尻を突き出した。

まだシャツを着たままで、下着とズボンは膝のあたりにわだかまっている。性交に必要な部分だけを丸出しにした姿に興奮したのは、夏生だけではなかったようだ。かすかに震えながら尻たぶを割り開く手は、燃えるように熱い。

「…あ…、……あっ？」

だが疼く蕾にあてがわれたのは、夏生の腹を内側から裂けてしまいそうなほど満たしてくれる雄ではなかった。ぬるぬるとした柔らかいそれが柊の舌だと気付いたのは、ひざまずく柊が窓ガラスに映し出されていたせいだ。

「う…そ、なんで…」

すぐにでも猛り狂うものに貫いてもらえると、期待していたのに。夏生がぽろりと涙をこぼすと、柊はくぐもった笑いを漏らす。

「久しぶりなんだから、いきなり入れたら裂けてしまうかもしれないだろう？」

「そん、な…、ぁ…」

今さら何を言っているのだろう。初めて抱かれた時だって、慣らしなんかせずいきなり犯してもらった。中に出された精液を潤滑剤代わりに、無垢だった媚肉に男をえんえんと教え込まれた。あれからいったい、何度交わったと思っているのか。

それに、それに…。

「あぁ、……でも、柔らかいな」

「は、…ぁ…っ！」

ふっと笑う気配がして、丹念に入り口を舐めていた舌が離れていった。代わりに突き入れられたのは、馴染んだ硬い感触——柊の指だ。あの敏感なしこりを避け、媚肉をぐりぐりと擦る。

「やっ、あ…っ、あん、そ、こぉ…っ」

「ずっとやってなかったとは思えないくらい、柔らかい。…もしかして、自分で慰めてた？」

問いかけの形を取ってはいるが、柊は確信しているのだろう。夏生は顔を真っ赤に染め、がくがくと首を上下させる。

…そうだ。柊が入院している間、見舞いから帰ると疼きが抑えきれなくなり、尻に自分の指を突っ込み、自慰にふけった。一度だけではなく、毎日。柊は怪我で苦しんでいるのにと思うと、罪悪感でたまらなかったけれど…。

「嬉しいよ、夏生」

「あっ、あんっ、あぁっ」

「会えない間もずっと、俺を求めてくれていたんだろう？」

どうやって慰めたのか、媚肉を二本に増やされた指でぐちぐちと抉られながら白状させられた。ベッドに横臥《おうが》し、背後から指を差し入れて。あお向けになり、脚を高く上げて。床に座り、肉茎をいじりながら。どんな時も最後には柊の名を呼んで果てていたことまで、つぶさに。

「夏生…、あぁ、俺の可愛い夏生…」

腹の中をかき混ぜる指の荒々しさとは裏腹な甘さで、柊は尻たぶを舐める。

「可哀想に…、お前の指じゃここには届かないから、つらかっただろう…」

「あ、……ん、んっ、んっ！」

やっとあのしこりを押してもらい、夏生はびくんびくんと背筋をしならせながら何度も頷く。

…そう、つらかった。すでに媚肉を擦るだけでいける身体にはされていたけれど、しこりを太く硬い先端にごりごり抉られながら駆け上がる絶頂とは比べ物にならない。

本当は夏生も、業者が引きあげた時から…いや、今朝からずっと待ちわびていた。柊に抱かれ、思うさましこりを突きまくられ、中に出されて極める瞬間を。

だから、だから。

「…もう…、いじわる、しないで…」

腹の中の指を締め上げ、ひくつく蕾を見せ付ける。どれだけ柊が欲しいか、伝えるために。

「柊…、柊が欲しい…柊だけしか、要らない…っ」

柊は素早く指を引き抜き、ジーンズの前をくつろげた。待ち望んでいたものが濡れた蕾にあてがわれる。さっきまでの余裕はどこへやら、窓ガラスに映る端整な顔に滲む表情は、獲物を狙う肉食獣のそれだ。

「…ぁ、…夏生、夏生…！」

「は、…あっ、……あっ、あー……！」

どちゅんと一息に打ち込まれた肉の刀身が、狙いすましたようにしこりを突き、我が物顔で夏生の腹に収まる。

脳髄を焼き切られてしまいそうな快感に貫かれ、力の抜けた手がずるずると窓ガラスを滑った。床にくずおれてしまう前に、下着ごとズボンを脱がされ、両脚の膝裏に柊の腕が差し入れられる。

「や……っ、あぁ……！」

そのまま背後から持ち上げられた弾みでしこりを突く角度が変わり、夏生は全身を打ち震わせた。窓ガラスに映る自分の腹が、白いもので汚れている。貫かれた瞬間に果ててしまったのだろう。腹の中が気持ち良すぎて気付かなかったけれど、きっと柊は見ていてくれたはずだ。尻に太いものを嵌められただけで射精してしまった、はしたない姿を。

「あ……、んっ！」

ぞくぞくする夏生の脚を広げて抱えたまま、柊は歩き始める。

柊の腕と腹に突き刺さった雄だけに支えられた体勢は不安定で恐ろしいのに、一歩進むたびに腹を突き上げられ、揺すられる快楽は恐怖をたやすく蹴散らしてしまう。

「あんっ、あ…んっ、あっ、あっ」

「いいのか？　夏生、お腹揺さぶられて気持ちいい？」

「うん…、うんっ、…気持ちいい、お腹どちゅどちゅされるの気持ちいいよぉっ」

夏生は淡く染まった背中を柊の胸板に擦り付け、触れられもしないのに尖った両の乳首をつまんで引っ張る。自分でいじっても気持ち良くないけれど、もっと柊に欲情して欲しかったから。

どくん、と腹の中の雄がひときわ強く脈打つ。

「夏、生っ…！」

「ひぃあ、あーっ…！」

項に噛み付き、柊は近くのドアを蹴り開けた。

モノトーンで纏められたそこは、二人の寝室だ。柊が購入したキングサイズのベッドにつながったまま倒れ込むや、四つん這いの体勢で激しく突きまくられる。肉と肉のぶつかり合う音が耳を侵食する。

「あっ、あっ、柊、…柊っ…」

「お前は…、お前は……！」

最奥まで突き立てられた雄から、柊は熱い精液をぶちまけた。期待をはるかに上回る量と濃厚さに、夏生は歓喜で溶けてしまいそうになる。こちらに帰還してから、柊は一度も自分で慰めなかったのだとわかったから。…きっと、夏生に注いでくれるために。

「……あ…あ、…は、ぁ……」

満たされる感触に夏生が萎えた性器を震わせても、雄はまだ精液を吐き出し続ける。まんべんなく濡らして欲しくて尻をくねらせれば、どぷん、と脈打った雄がまた大量の粘液を溢れさせた。

一回りは小柄な身体を抱きすくめ、柊は今もなお己の精液を受け止めている腹をまさぐる。

「…何てことを、するんだ」

「あ…、…柊…？」

「廊下なんかで、俺を煽って…。あんなところで俺がいってしまったら、どうなっていたと思うんだ…？」

夏生は快感に支配されつつある頭で考え、はっとする。…そうだ、さっきまでの体勢で柊が果てたら、萎えた雄が抜けてしまったかもしれない。そんなことになったら、せっかく注いでもらった精液までこぼしてしまったかも…。

「や…、ぁ…そんなの、嫌ぁ…」

今日は柊を咥え込んだまま、一度も抜かず、腹がいっぱいになるまで精液を呑ませてもらうつもりだったのに。夏生の堪え性が無いせいで、とんでもないことになるところだったのか。

「俺のは、夏生が全部ここで受け止めてくれるんだよな？」

「うぁ……っ」

強く押され、ひしゃげた腹がぐちゅりと音をたてる。ぐっぐっと押されながらようやく吐精を終えた雄を動かされると、夏生を使って自慰をされているようで、火照った肌が燃え上がる。

「…これからもずっと、夏生は俺から離れないよな?」

懇願めいた囁きに振り返れば、夏生だけを映す緑の瞳は今にも涙を溢れさせそうだった。別人のように成長したはずの顔が、十年前、夏生に手を振りほどかれた時のそれに重なる。

「…当たり前、だろ…」

夏生は柊の手に指を絡め、ぎゅっと握り締める。腹の中の雄も、きつく締め上げながら。

「もう二度とこの手を離さないって、…決めたんだから…」

「…なつ、……お……!」

獣めいた雄叫びの直後、つながったまま くるりと体勢を変えられ、今度はあお向けで濡れた媚肉を突き上げられる。

柊の股間にぶら下がった重たげな双つの嚢に胸がときめいた。きっと今夜はあれが二つとも空っぽになるまで、腹を膨らませてもらえるのだ。

「好きだ…、夏生、お前だけを愛してる…」

「俺も、…俺も好き…柊だけが、大好きぃっ…」

互いに愛を確かめ合い、様々な体勢で抱き合って——ようやく二人とも欲望を満足させたのは、窓の外が真っ暗になった後だった。

「…落ち着いたら、ここにペリドットをあしらおう」

ぐったりとした夏生を背後から抱き、柊はエメラルドのペンダントをつまみ上げた。その指が指すプレートの部分には、小さなスペースがある。

「ペリドット…？」

「明るいオリーブ色をした、綺麗な石だ。照明に当たると鮮やかな緑になることから、夜会のエメラルドとも呼ばれている。八月の誕生石でもあるんだ」

お前の石だな、と囁かれ、夏生は今月が自分の誕生月だと思い出した。色々ありすぎて、誕生日なんてすっかり忘れていたのだ。

柊によればこのペンダントは、大事な人が出来たらその人の誕生石も嵌め、二人の愛の証になるように――という意味も込め、柊の祖母がデザインさせたらしい。柊が幼い頃に亡くなったそうだが、ずいぶんとロマンチストだったようだ。

「俺とお前の愛の証を、これからずっと…死ぬまで身に着けていてくれるか…？」

柊なりのプロポーズに、何故か沈みゆく間に見た幻覚が頭をよぎった。沼底にちらばる無数の人骨。彼らの首を飾っていた、エメラルドのペンダント…。

――だがそれは、一瞬のこと。

「うん…、柊。嬉しい…」

夏生は柊の手を取り、己の頬に導いた。腹に収まったままの雄が、とくんと脈動する。

「愛してる。……俺たちはずっと、ずっと一緒だよ……」

新たにペリドットが加わったエメラルドのペンダントは、その証になってくれるはずだ。

【n番目】


鍬が、鋤が、鎌が、シャベルが…四方八方からくり出された凶器が柊を捕らえようとした瞬間、霧の壁がざわめいた。

「…な…っ、お恵み沼が……⁉」

悦子の父親が、血走った目を沼に向ける。柊はにいっと唇を吊り上げた。お恵み沼が闇に染まりつつあると――柊を元の世界に吐き出そうとしていると、見なくてもわかったからだ。

……ああ、本当に長かった。

じわじわと身の内に広がる達成感と解放感が、悦子に刺された痛みを拭い去っていく。この瞬間に至るまでの十五年間は、柊にとって常に綱渡りだった。何せもう何度も、数えきれないくらい失敗しているのだから。柊ではなく、異なる世界の柊が。

元の世界では十年前、柊にとっては十五年前。柊は霧の中をさまよい歩くうちに、奇妙な仮面をかぶった男に拾われた。村長だった。

その後、自分は異界からこの小田牧村に迷い込んだ流れ人であり、ここはおだまき様の神意に支配された村であること、もう二度と元の世界には帰れないこと、神意に逆らわない限り平穏な生活を送れることが説明された。…冗談ではないと思った。確かに両親にも、元の世界にも未練は無い。だが夏生だけは別だ。愛しい夏生が居ない世界に、骨を埋めるなんてまっぴらだった。

村長に後見されることになっても、その思いは変わらなかった。だから柊は村長の日を盗み、元の世界に戻るための試行錯誤を続けたのだ。霧の壁を超える方法は無いのか、どこかに元の世界につながる門は無いのか、あるいはここはただ単に現代文明を拒んだ者が集まる集落で、人口を増やすために誘拐されてきたのではないのか。考えつく限りの手段を試してみたが、小田牧村は本当に元の世界から切り離された異界であり、柊は寄る辺の無い異邦人であると思い知らされるだけだった。

そうなれば、残る手段はただ一つしか無い。柊が流れ着いた沼…お恵み沼と呼ばれ、村人たちから神聖視されるあの沼だ。村長以外は近付くことすら禁じられているが、あの沼の水底は元の世界につながっているかもしれない。

柊は素直な子どもとして振る舞う傍ら、虎視眈々《こしたんたん》と沼に近付く機会を窺い続け…迷い込んでから一年後、とうとうチャンスが巡ってきた。村長が婚儀へ呼ばれ、留守にすることになったのだ。結婚する夫婦は村長の一族であり、一晩あちらの家に泊まってくるという。

風邪を引きやすかった柊を心配し、両親が水泳教室に通わせていたのが幸いだった。村長が出かけていった後、柊はこっそりお恵み沼に行き、息の続く限り潜ってみたのだ。だが沼は予想よりはるかに深く、今の柊では水底にたどり着くのは無理だった。

だから柊はめげずに身体を鍛え、体力をつけ——十三歳になった年に、やっと水底に到達出来たのだ。だがそこにあったのは元の世界への入り口などではなく、無数の人骨だった。

大きさからしておそらく大人だろうということくらいしかわからないが、柊にとって驚くべきはその数ではなく、彼らが身に着けたエメラルドのペンダントだった。そっくり同じものを、柊は持っているのだ。アメリカの祖母が贈ってくれた、世界に二つと存在しないはずのオーダーメイドのペンダントを。

……これは、どういうことなんだ？

考えても考えても、その時は答えが出なかった。けれど村長の手伝いをさせられるうちに、ぼんやりと見えてくるものがある。お恵み沼に流れ着く物資。元の世界とそっくり同じものもあれば、微妙に味やパッケージの違うものもあった。その差異が示すもの……柊が生まれ育った世界だけではない、無数の並行世界の存在……。

決定的な瞬間が訪れたのは、三年前。二十歳になった祝いをしてやるからと、村長に呼び出された日のことだ。

小田牧村ではとうに成人とみなされる年齢だったが、柊はその日まで結婚しておらず、酒盛りに参加したことも無かった。夏生以外の人間と添い遂げたくはなかったし、元の世界での意識が邪魔をして、二十歳未満の飲酒には忌避感があったのだ。村人たちには『村に馴染んでいない』とさんざん責められたが、村長が特例として認めてくれたおかげで決定的な問題にはなっていなかった。何かと自分を庇ってくれる村長に、柊は感謝さえ抱いていたのだ。

だがその日の村長は、やけに執拗に酒を勧めてきた。柊ももう二十歳なのだから、元の世界の法律でも飲酒は許される。飲んでも問題無いはずなのに、何故か盃に注がれた澄んだ酒に言いようの無い嫌悪感を抱いてしまい、飲む気にはなれなかった。

すると村長は態度を一変させ、柊を押さえ付けると、無理やり酒を口に流し込もうとした。死に物狂いで抵抗するうちに柊の手が仮面を剝ぎ取り、今まで一度も見たことの無かった村長の素顔が露わになる。

…鏡を見ているのかと思った。自分より十五はよけいに歳を重ねているようではあったが、こちらを睨み付ける顔は、柊にそっくりだったからだ。親子……いや、同一人物の成長前と成長後だと言っても過言ではない。

『…次に来る夏生こそ、俺のものだ。お前には渡さない…！』

村長が懐から使い込まれた小刀を取り出し、鞘《さや》を払った瞬間、かち割られてしまいそうな激痛が脳天を貫いた。怒濤《どとう》のごとく押し寄せる記憶、記憶、記憶――それは柊であり、柊でない者たちの悲哀と後悔と執念に彩られた断末魔だ。

……そう、か。……そういうこと、だったのか。

長年の疑問が晴れた頭はすっきりと冴え渡り、身体はいつもより機敏に動く。村長の一撃を寸前でかわし、みぞおちに拳を叩き込めるくらいに。

気絶した村長に新しく注いだ酒を飲ませると、しばらく悶え苦しんだ末に死亡した。やはりこの酒には毒が盛られていたのだ。神花から抽出した毒が、たっぷりと。

柊は死んだ村長から仮面と装束を奪い、遺体はお恵み沼に沈めた。村長が装束の下に着けていたエメラルドのペンダントも一緒にだ。情けをかけたわけではない。これは同じ時間軸、同じ場所に存在してはいけないものだ。万が一夏生の目に触れれば、真実に気付かれてしまうかもしれない。

柊が村長との一人二役を始めても、村人たちは何の疑いも抱かなかった。同じ人間なのだから当たり前だ。それから夏生を呼び寄せるまでの三年間を、柊は周到に利用した。

――すでに柊には、この世界のからくりがわかっていた。

おだまき様は柊が元居た世界だけではなく、無数に存在するいくつもの並行世界から人間を呼び寄せている。それぞれの並行世界には決定的に大きな差異は無く、たとえばある製品のパッケージのデザインが違うとか、そんな程度だ。…だからどの世界にも柊と夏生が存在し、柊は夏生に執着している。

どの世界の柊も八歳で日無山に夏生と共に入り、柊だけが小田牧村に呼び寄せられる。始まりは全て同じだ。だがその後の展開は、それぞれの柊によってまるで違った。

仮に今の柊をn番目とすると、時系列順にnマイナス一番目の柊、nマイナス二番目の柊、nマイナス三番目の柊…と、無限に増えていくわけだ。今の柊が死ねば、次の柊…nプラス一番目の柊が呼び寄せられ、nプラス二番目の柊、nプラス三番目の柊へと続いていくのだろう。

村長に殺されそうになった瞬間、自分より前に呼び寄せられた柊たちの記憶が押し寄せてきた。

nマイナス五十番目の柊は、そもそも夏生が小田牧村に呼び寄せられないまま生を終えてしまった。

nマイナス三十二番目の柊は、元の世界の夏生が不治の病にかかり、絶望して日無山に入ったところを呼び寄せられ、再会を果たせた。だが思いを通じ合わせる前に、夏生は寿命を終えた。

nマイナス二十九番目あたりで、呼び寄せの主導権を自分で握らなければ夏生を我が物にするのは難しいと気付いたらしい。本物の村長を殺し、成り代わるようになった。だが仮面の力を用いて自在に夏生を呼び寄せられるようになっても、失敗ばかりが続いた。

nマイナス十九番目の柊は、夏生を無事呼び寄せられたはいいが、夏生には元の世界に恋人が居た。思いを打ち明けても受け止めてもらえず、無理やり身体だけを奪った。だが拒絶され続けた末に逃亡され、山まで追い詰め、犯し殺してしまった。

nマイナス十番目の柊もまた、夏生には思いを受け容れてもらえなかった。家に監禁するうちに少しだけ夏生の態度が軟化し、安心したところを見計らって床下から逃げられそうになった。諦めと共に夏生の脚の腱を切断し、歩けなくなった夏生を死ぬまで囲い続けた。

どの柊と夏生も、たどった経緯こそ違えど、同じ結末に行き着く。夏生が先に死に、絶望した柊が夏生の骸を抱いてお恵み沼に沈むのだ。夏生の骸は元の世界の沼に浮かび、小田牧村に馴染みすぎた柊の骸はお恵み沼の水底にとどまった。降り積もる執念と共に。

だがnマイナス一番目——柊が殺した村長の番で異変《エラー》が発生した。

無事、前の村長…自分の前の柊と入れ替わり、夏生を呼び寄せたところまではいい。けれど夏生は村長夫人の座を狙う女によって、早々に殺されてしまった。何をするまでもなく夏生を失ってしまった村長の心は、おそらくその瞬間に狂ったのだろう。夏生の骸をお恵み沼に沈めた後は、ひたすら待ち続けた。自分の次の柊がやって来るのを。そして次の柊のための夏生が呼び寄せられるのを。

そしてやって来た柊が二十歳になった日に、始末しておこうとした。間も無く呼び寄せられるはずの夏生を、自分のものにするために。狂った村長にとっては、夏生であればもはや違う世界の夏生であろうと構わなかったのだ。

村長の陰謀を、柊は寸前で回避した。だからそこからは、決してミスを犯すわけにはいかなかった。

歴代の柊は、夏生とこの村で添い遂げようとしてことごとく失敗した。ならばこの村にこだわらず、元の世界に戻ることも考えていいのでは？　うまくいけば——柊の予想が正しければ、あるいは……。

流れ込んできたいくつもの柊の記憶が、失敗の記憶が、今の柊を助けてくれた。信仰深い村人、純粋な和夫、自分に焦がれる悦子、悦子の取り巻きの男たち。自分がどう行動すれば彼らから望みの行動を引き出せるのか、事前に判断出来るのだから。

不安の種は夏生だけだった。夏生だけは柊の思い通りになってくれない。裁判に乗り込まれた時は焦ったが、逆に『おだまき様の御使い』と祭り上げさせ、自分との結婚を村人たちに認めさせることが出来た。過去の柊は一人として達成出来なかった偉業だ。

だが柊の本当の望みは、そこではなかった。柊が村長と入れ替わったことは、いつ、どんな拍子で露見するかわからない。歴代の柊がそうであったように。そんな不安定な土台に、夏生を座らせるわけにはいかなかった。

安心して夏生と結ばれるには、やはり文明と法の秩序に守られた元の世界に戻るべきなのだ。だから柊は座敷牢の番人に神花入りの酒を届けさせ、眠らせておいた。そうすれば和夫が悦子のもとに忍び込み、脱走の手助けをするとわかっていたから。

夏生の強い思いが助けてくれたのだと告げたら、夏生は信じるだろう。そして柊に対し強い罪悪感も抱いている夏生なら、柊の存在を拒むことは、今後絶対にありえない。

「あ…、ああっ！　大罪人が！」

我に返った村人たちを振りきり、柊はお恵み沼に身を投げた。久しぶりに対面する無数の人骨──何人もの自分自身に見送られ、沈み、沈み、沈み……唐突に世界が明るくなった瞬間、柊は会心の笑みを浮かべる。

自分と夏生…n番目の二人と、それ以前の二人。生きて元の世界に帰れた二人と、小田牧村で息絶えた二人の違い。その答えは、二人とも心の底から元の世界に帰りたいと望んでいたかどうかだ。自分より前の柊たちは小田牧村で夏生を囲い込むことに執心した。元の世界では、夏生をつなぎとめておけないと諦めていたからだ。

でも自分は違う。元の世界でも、あの夏生なら必ず柊だけを愛してくれると信じている。だから望んだ。……帰りたい。夏生の待つ世界に帰りたいと。それは『小田牧村を同じ状態のままとどめておく』というおだまき様の神意《ルール》に違反する。自分の世界を変化させる異分子でしかなくなった柊を、おだまき様は元の世界に吐き出すのではないか。

柊の予想は正しかったのだ。人骨を呑み込んだ水の代わりに現れたのは、懐かしい元の世界の建物だったのだから。古くも新しくもない、ごくありふれたアパートだ。

目の前のドアの表札に『櫛原』の名前を見付けた瞬間、柊はたとえようの無い歓喜に身を震わせる。

……やっと、やっとここまでたどり着いた。

何度もチャイムを押し続けるうちに、ドアの向こうから懐かしい足音が近付いてくる。

こちらを覗き込んでいるだろう夏生に、柊はスコープ越しに微笑みかけた。

お前と俺はずっと一緒だ。命ある限り……いや、死んでも離れない。

【零番目】


「…これでまた振出しに戻る、か」

覗き込んでいた水鏡から顔を上げ、青年は溜め息を吐いた。人の輪から外れて久しいにもかかわらず首をぐるぐる回してしまうのは、彼らを監視していると妙に昔を思い出すせいか。

『そんな…、柊兄様！　柊兄様はどこへ行ったのよぉぉっ⁉』

まだ村の様子を映し出している水鏡から耳障りな金切り声が聞こえる。あの少女は、確か悦子とかいったか。うるさいのは嫌いだ。青年は眉を顰め、人差し指の先端を水鏡に浸した。すると水鏡の中の空から一筋の稲妻が落ち、悦子に命中する。

『おお…、おだまき様、おだまき様がお怒りじゃぁ…！』

黒焦げになった悦子を取り囲み、村人たちは空をあおぎながら必死に祈りを捧げる。だが青年は一瞥すらせず、すぐ傍に敷かれた褥《しとね》に横たわる愛しい人の頬を撫でた。身を乗り出し、その唇が確かに呼吸していることを確かめる。

……良かった。生きている。

かつて青年は、今は小田牧村と呼ばれる小さな村に住んでいた。生まれた時から妙に勘が鋭く、人の嘘を次々と暴いたり、村に起きる災いを言い当てたりしたせいで産みの親にすら忌み嫌われていたが、何もかも受け容れてくれる愛しい人に出逢えたから幸せだった。

けれど愛しい人はある日、青年を不吉の象徴だと糾弾する村人たちによって毒を飲まされ、殺されてしまった。…こときれた骸を抱き、青年は願った。愛しい人がよみがえってくれることを。

でも叶わなかった。死者を生者の世界に呼び戻すことは、神であっても許されない御業だからだ。

それでも諦めきれるわけがない。愛しい人は青年の全てだった。自分だけが取り残された世界に、存在価値など無い。ならば。

……ならば、せめて。

強く強く祈ると、全身から何かがごっそり抜け落ちる感覚がした。つかの間気を失い、目覚めれば、愛しい人は温もりを取り戻しているではないか。

嬉しかった。涙を流して喜んだ。だがすぐに気付いた。愛しい人は目覚めない。これからもずっと、目覚めることは無い。

何故なら愛しい人は、死の寸前まで時をさかのぼっただけだからだ。ほんの数秒時が進めば飲まされた毒が回り、再び死を迎える。誰に教えられるまでもなく、青年は理解していた。

その時から、青年は『おだまき様』と呼ばれる存在になった。村を閉ざし、あちこちの世界から物資や人間まで運び込み、同じ状態を維持させた。全ては愛しい人の時間をこれ以上進めさせないため。…愛しい人を死なせないため。

柊と夏生は、青年にとっては得がたい人材だった。何せどの世界から呼び寄せても、どんな経緯をたどっても、最終的にはどちらも死ぬ。互いの思いを成就させずに。同じ結果をくり返す。まるで青年のためにあつらえられた部品《パーツ》のようだった。

だがそれも今回で終わりかもしれない。この時間軸で柊は青年の掌からとうとう飛び出し、夏生の心を手に入れた。次の回の柊もまた青年の思惑を超える可能性があるのなら、呼び寄せるのはやめておくべきだ。

……残念だが、まあいいか。

どのみち柊が死ねば、村はリセットされるのだ。青年の力によって村人たちの記憶はまっさらに清められる。柊も夏生も存在しなかったことになる。消えた部品はどこかから適当に補充すればいい。悦子のような女なんていくらでも居るのだから。

そしてまた新たな柊と夏生のような人間が呼び寄せられ、新たな閉じた輪《ループ》が始まる。柊の執着を中心に、村人たちは新たな柊が死ぬまでそれぞれの役割を演じる。今までずっとそうしてきた。

神の力の源は人間の信仰心だ。畏れもまた信仰である。村人たちが『おだまき様』を畏れ敬えば、青年は神であり続けられる。小田牧村は青年が力を得るための、言わば生け簀のようなものだ。村人たちが真実を知れば理不尽だと嘆くかもしれないが、彼らはかつて愛しい人を毒殺した者どもの末裔《まつえい》である。祖先の罪は償ってもらわなければならない。

永遠に分岐する世界を捜せば、柊と夏生のように強い因果に縛られた二人は見付かるだろう。時間は無限にあるのだ。新たな因果の糸をたぐり寄せるのも悪くない。愛しい人と一緒なら。

青年は愛しい人を抱き寄せ、耳元で囁いた。


『おまえと俺はずっと一緒だ。命ある限り……いや、死んでも離れない』

こんにちは、宮緒葵《みやおあおい》です。『あの夏から戻れない』お読み下さりありがとうございました。本編のネタバレがありますので、後書きから読まれる方は注意して下さいね。

私は昔からループものが好きで、いつか書いてみたいなと思っていたらクロスさんの担当さんが『いいよ！』と仰って下さったので、張り切って書かせて頂きました。真夏に相応しいほのぼの展開に出来たと思うんですが、お楽しみ頂けましたでしょうか。

私は幼少期を昭和で過ごし、バブルの残り香を嗅ぎながら育った世代なので、小田牧村《おだまきむら》の暮らしは書いていてとても楽しかったです。正確に言えば、小田牧村はもっと前の時代設定なんですけどね。壁から直接線が生えてる黒電話とか、ダイヤルを回してチャンネル変更する分厚いブラウン管テレビとか、設定が許せばもっと色々書き込みたかった…。

元の世界に帰還した柊《しゅう》はそつ無く現代にも馴染めそうですが、昭和の洗礼のせいで意外なところで苦労しそうな気がします。調子の悪い家電を何でも叩いて直そうとしたり、地図アプリと一緒に自分も動いちゃったり。

あとがき

そのたび夏生《なつお》に手取り足取り教えてもらい、甘い展開に持ち込めるから苦にはならないでしょう。

ラストにまさかの登場を果たしたおだまき様。愛しい人は女性ですか男性ですかと担当さんにも聞かれましたが、こちらは読者さんのご想像にお任せします。攻めでも受けでもいいと思いますね。意外と抜けているところもあって、愛しい人は眠りながらもはらはらしていそうです。


今回のイラストは笠井《かさい》あゆみ先生に描いて頂けました。笠井先生、お忙しいところお引き受け下さりありがとうございました！　柊も夏生も麗しく、初めて表紙を拝見した時には担当さんと一緒に震えました…。

担当のI様。いつも細かいところまで気にかけて下さり、本当にありがとうございます。I様がいらっしゃらなければ、このお話は生まれませんでした。

お読み下さる皆様、重ね重ねありがとうございます。よろしければご感想を聞かせて下さいね。

それではまた、どこかでお会い出来ますように。

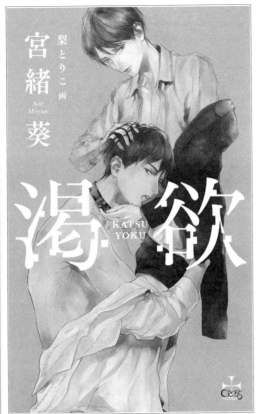

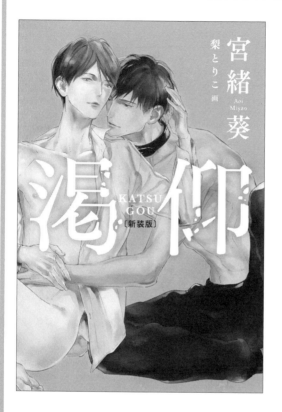

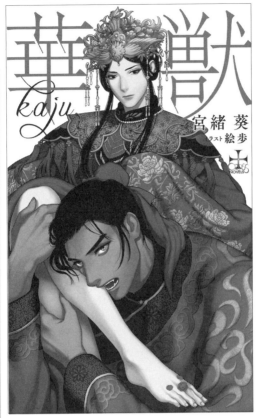

CROSS NOVELSをお買い上げいただき
ありがとうございます。
この本を読んだご意見・ご感想をお寄せください。
〒110-8625
東京都台東区東上野2-8-7　笠倉出版社
CROSS NOVELS 編集部
「宮緒 葵先生」係／「笠井あゆみ先生」係

CROSS NOVELS
あの夏から戻れない

著者
宮緒 葵

2022年7月23日　初版発行　検印廃止

発行者　笠倉伸夫
発行所　株式会社 笠倉出版社
〒110-8625　東京都台東区東上野2-8-7　笠倉ビル
[営業]TEL　0120-984-164
FAX　03-4355-1109
[編集]TEL　03-4355-1103
FAX　03-5846-3493
http://www.kasakura.co.jp/
振替口座　00130-9-75686
印刷　株式会社 光邦
装丁　Asanomi Graphic
ISBN 978-4-7730-6342-4
Printed in Japan